TAKE
SHOBO

王子様との危険な遊戯

七福さゆり

Illustration
坂本あきら

蜜猫
MitsuNeko

王子様との危険な遊戯

contents

イラスト／坂本あきら

王子様との危険な遊戯

プロローグ　遊び人のレディ・リーゼ

もう、最悪だわ……！

星空が美しいある夜のこと、パイライト国の城では舞踏会が行われていた。

眩《まばゆ》い光を放つシャンデリアの下——センスの良い香水や葉巻の香りを身にまとった紳士が差し出した手に、豪奢《ごうしゃ》な宝石や色鮮やかなシルクのドレスで飾り立てた淑女がそっと手を乗せ、ワルツを踊っている。

そんな中、ペルラン伯爵家の長女リーゼは、久しぶりの非日常な空気に酔い、新鮮な空気を求めて中庭へ出ていた。

それがいけなかった——。

「ああ、レディ・リーゼ……キミって清楚《せいそ》に見えるけれど、随分とテクニシャンなんだってね。一度お相手願いたいと思っていたんだ。これからどうかな？　僕、城で人目に付かない穴場をいくつか知っているんだ。さあ、行こう」

とある貴族の青年がいつの間にか後ろから付いて来ていたらしく、人気がないことを確認すると無遠慮に迫ってきたのだ。

こっちに来ないで……！

青年が進んでくるたびにリーゼはじりじり後ろへ下がり、なんとか距離を詰められないように努める。

近付かれたら最後──抱き寄せられて、彼の言いように身体を弄ばれてしまう。

「結構です！　確かに私はリーゼですが……テ、テクニシャンだなんて、身に覚えがありません。どなたかとお間違えではないでしょうか」

「間違えるはずがないさ。ペルラン伯爵家の息女で、チョコレート色をした甘い香りのする髪に、エメラルドのような深緑色の美しい瞳、折れそうなくらい華奢《きやしゃ》な細腰、そして……」

青年はギラギラした目で、リーゼの身体を上から下へ舐《な》めるようにじっくりと眺めると、

「……ん？　手の平に収まる程度に控え目で、その分感度のいい胸だと聞いていたが、話と違うな。大きいじゃないか」

そう言って不思議そうに首を傾《かし》げ、リーゼの豊満な胸をジッと観察する。

「ど、どこを見ているんですか！　見ないで下さいっ！」

思わず両手を交差させて隠すものの、ますます谷間が深くなって青年の情欲を煽《あお》ってしまっていることにリーゼは全く気付いていない。

「おぉっと、これは失礼。噂《うわさ》だと大胆だと聞いているけれど、意外と照れ屋さんなんだね。で

もそんなキミもかわいいよ。実は僕もこう見えて結構なテクニシャンなんだ。あっちの方もキミの素晴らしい胸に負けないほどいいモノを持っているつもりだよ。……ホールでのダンスは飽きたことだし、今度は別のダンスを踊るっていうのはどうだい？　そう、激しくて情熱的なダンスをね。……ああ、最高だ」

青年は早くもリーゼとベッドで楽しんでいる妄想をしているようで、恍惚《こうこつ》とした表情を浮かべながら熱い吐息を零《こぼ》す。

全身に、ゾゾゾッと鳥肌が立つのがわかった。

「結構です！　失礼します！」

リーゼはドレスの裾を持って踵《きびす》を返し、足早にその場を立ち去った。

「あっ！　ちょっと待って！」

まずい。元々運動が苦手な上、重いドレスを着て素早く動けないこの身では、追いかけられたらあっという間に捕まえられてしまうだろう。

いくら気分が悪かったからって、こんな人気のない所に来るんじゃなかったわ！

「レディ・リーゼ！　レディ・リーゼ――……！」

すぐに追いつかれてしまうかと思いきや、青年の声が遠いところから聞こえてくる。

あら……？

足を止めずに振り向いてみた。すると青年は右手で股間を押さえ、左手をリーゼに向かって伸ばしているものの、先ほどの場所から少しも動けていない。どうやら想像しただけなのに反応してしまったようだ。

「もう、嫌っ！」

ああ、振り向かなければよかった。ますます気持ち悪くなってしまった。鳥肌が少しも治まってくれなくて、リーゼはショールの上から腕をさする。

青年は待って欲しいと懇願しながら、なんとか歩き始めた。生まれたての小鹿のようによち歩く様は、お世辞にも恰好良《かっこうよ》いとは言えない。むしろすごく無様で格好悪い。

「待ってくれ！　僕のモノを見れば、その気になってくれるはずだ！　僕のは太いだけじゃなくて、長くて……」

僕のモノって、まさか……。

ゴソゴソ何かを取り出している音が聞こえる。

「きゃあぁ！　嫌！　見たくありません！」

必死に足を動かして彼から距離を取ることに徹していると、『ひぃ！』と悲鳴が聞こえた。

な、何……？

足を動かしながら振り向くと、股間を押さえながらうずくまっている青年の姿があった。追いかけながら自分の欲望を取り出そうとしていたから、どこかへぶつけたのかもしれない。助かった。きっとしばらくは動けないだろう。

追いかけてこないことに安堵《あんど》している場合ではない。リーゼは警戒を続け、歩く速度を落とさないようにする。

悠長なことをしていたら、また別の男性に声をかけられてしまうかもしれない。なぜならリーゼは社交界では誰もが知っている名高い遊び人なのだ。

「うふふ、ぁ……っ……あんっ……そこ、いっぱい突いてぇ……っ……」

薔薇園《ばらえん》の前を通り抜けようとした時、粘着質な水音と女性の甘ったるい声が聞こえてきた。

この声は、まさか――……。

「あんっ……あぁんっ！　あふっ……あんっ……あぁんっ！」

「ああ、リーゼ……キミはなんて淫らで積極的なんだ！　噂は本当だったんだね。誘って貰《もら》えて嬉《うれ》しいよ……」

嫌な音を立てる心臓をドレスの上から押さえ、リーゼはできるだけ気配を消して声がする方向へ近づく。覗《のぞ》き見《み》をする趣味はない。でもこの声の主を確かめなければ……。

むせかえるような薔薇の香りの中を進んでいくと、木に手を付いてお尻を突き出し、淫らな声を上げながら男性を受け入れている女性の姿があった。

胸元からは慎《つつ》ましくも形のいい胸が零れ、男性が自身を打ち付けるたびに控え目に揺れ、繋《つな》ぎ目《め》からは掻《か》き出《だ》された蜜が垂れている。チョコレート色をした髪は激しい動きによって乱れ、エメラルドのように美しい瞳は快感で潤んで今にも涙が零れそうだ。

リーゼと特徴が酷似している女性は、偶然彼女と同じ名前なのではない。女性の本当の名前はロザリー・ペルラン――リーゼのたった一人の妹だ。

「リーゼ、ここはどうだい？」

「ひゃうんっ……あっ……あっ……リーゼ、そこがいいのっ……お願い、そこ、もっと……もっとぉ……っ」

ロザリーったら、また私の名前を使って淫らなことをして……！

リーゼが社交界で遊び人と名高いのは、ロザリーが彼女の名前を語って男遊びしているのが原因だった。

「はぁ……はぁ……ああ、リーゼ……こんな締まりがいい女性は初めてだよ……もうだめだ……達《い》ってもいいかい？」

「リーゼも、達っちゃう……っ……！　でも、中はだめっ……ちゃんと外に出して……」

「ああ、わかっているよ……。ちゃんと外で出すよ……」

今すぐ叱り付けてやりたいし、その子はリーゼじゃないと訂正したいのに、喉に何かを押しこめられてしまったかのように声が出てくれない。

何も言えないなら立ち去りたい。でも頭の天辺《てっぺん》から足の指先まで身体が凍り付いたように固まってしまい、少しも動いてくれなかった。人の性行為なんて見たくない。ましてや実の妹の淫らな姿なんて余計見たくないのに……。

男性は動物のように腰を振りたくり、ビクビク身悶《みもだ》えしながら自身を引き抜いて勢いよく欲望を解き放った。一連の流れを見てしまったリーゼは気持ち悪くなって、嘔吐《えず》きそうになる。

「リーゼ、とてもよかったよ。またこうして会ってくれるかな？」

「ええ、もちろんよ」

リーゼがようやく身体を動かせるようになったのは、身なりを整えた男性が去ってからだった。

「もぉ、このコルセット一人だと付け直しにくい～……っ！」

独り言を呟《つぶや》くロザリーに近付くと、むせかえるような薔薇の香りと混じって、性の臭いが鼻腔《びこう》を刺激した。吐きそうなのを堪え、リーゼはコルセットを直すのに苦戦しているロザリーの名前を呼ぶ。

「あら、お姉様。やだぁ、覗《のぞ》いてたの？」

振り向いた彼女の肌はほんのり赤くなっていて、所々に男性に吸われた痕が残っている。

「の、覗くつもりで来たんじゃないわ！」

「ふふ、本当にぃ？　でも顔が赤いわ。覗くつもりはなくても、結果見ていたんでしょう？」

確かに、見ていたことになるけれど……。

何を言っていいかわからなくなって口籠ると、ロザリーが小馬鹿にした笑いを浮かべる。

「お姉様ったらいつも男になんて興味ありませーんって顔しているけど、やっぱり興味が出てきた？　ロザリーがどなたか紹介してあげましょうか？」

「ふざけないで！　それよりもあなた、また私の名を使って、男の人と、あ、あんな……」

「たった二人の姉妹じゃない。硬いことは言わないで？　あ、そうだわ。コルセットが上手《うま》く締められないの。お姉様、手伝ってぇ」

「誤魔化《ごまか》さないの！　ロザリー、やっぱりこんなことはよくないわ」

ロザリーは性に奔放な女性で、社交界に出ればこうして人気のない場所に男性を誘い込んで情事を楽しみ、何もない日には父やリーゼが寝静まった隙を見てこっそり屋敷を抜け出し、夜な夜な複数の男性と関係を持っている。

リーゼはある日を境に社交界へ出るたび『遊び人なんだってね、自分とも遊んで欲しい』と男性から頻繁に声をかけられるようになり、首を傾げていた。けれどある時、今のように男性と行為を楽しんでいるロザリーを見かけ、自分の名を騙るのを目撃してしまい、ようやく原因に気付いた。

自分の名前を騙ってふしだらなことをしないで欲しいと注意したけれど、ロザリーは『わかったわ』と言いつつ止めてくれなかった。そんなことを繰り返されているうちに、リーゼには不名誉な噂が付きまとうようになる。

ペルラン伯爵家の長女、レディ・リーゼは遊び人だ――……と。

「何よ！　お姉様はロザリーがこのままの恰好《かっこう》でいてもいいって言うの？　酷《ひど》い……っ！」

ロザリーのコルセットは全開になっていて、控え目で形のいい胸が露《あら》わになったままだ。

「そうは言っていないわ。ほら、手伝ってあげるからちゃんと身だしなみを整えて……」

近くに寄ると、肌を吸われた痕がより濃く見える。リーゼはなるべくそれから目を逸《そ》らし、背中側に付いたコルセットのホックを留《と》めていく。

「ねぇ、ロザリー、世の中には色んな考え方があるかもしれないけれど、私は好きでもなんでもない不特定多数の人と快楽だけを求めるというのはよくないことだと思うの。将来好きな人が出来た時、きっと後悔するわ」

将来好きな人が出来た時、もしその相手が不道徳な行為を嫌う人だったら……？

不特定多数の人と関係を持って、もし子供でも出来てしまったら……？

どう考えても良い方向へ向かうとは考えられない。目先にある快楽だけを追っていてはいけない。今はよくても、将来ロザリーが傷付いてしまう。

「またその話ぃ？」

「真面目に聞いて。だからね、ロザリー……」

リーゼはいつもこうしてロザリーを説得し続けている。けれどそのたびに、

「そんなこと言ったって仕方ないじゃない。お母様が亡くなって寂しいの。きっとロザリーはお母様が抱きしめてくださる温《ぬく》もりを男性に求めてしまうんだわ……」

と悲しそうに呟き、ポロポロ涙を流されると何も言えなくなってしまう。

リーゼとロザリーの母は、二人がまだ幼い頃に病で亡くなっている。まだ母が恋しくて堪《たま》らない年頃だった。胸が張り裂けそうなほどの心の痛みは長い長い時間をかけて、リーゼの中では鈍い痛みへと変わった。

父が居て、母が居て、ロザリーが居て、自分が居る。家族が揃《そろ》って、幸せに笑う当たり前の日々が、ある日唐突に壊れてしまう衝撃——当時を思い出すと胸が苦しくなるけれど、思い出さない限りは大丈夫になった。でも心の傷が癒える時間は、人によって違う。ロザリーの悲しみは、まだ癒えていないのかもしれない。

「お母様がいなくなって、悲しいのはわかるわ。でも、私はロザリーに傷付いてほしくないの。だから……」

「あーもう、うるさいっ！　お姉様は頭が固いのよ！　傷付かないわよ！　今時はこれが普通なのっ！」

ロザリーはこぼれた涙を拭うと、身だしなみを整えるのもそこそこにして、さっさとその場を立ち去ろうとする。

「待って、ロザリー！　話はまだ終わっていないわ！」

「もう、うるさいったらっ！　前から言っているけれど、お姉様も体験してみればいいのよ。そうしたらロザリーの気持ちがわかるわ！　ねっ？　今度は一緒に屋敷を抜け出しましょう？　ロザリーが素敵な男性を紹介してあげるわ」

「何度も言うけど、そんなの体験したくないわ」

「……はー……やっぱりお姉様って、頭が固いのね。せっかくロザリーが楽しいことを教えてあげようと思ったのに、つまらない人っ」

ロザリーは自身の髪の毛を指にくるくる巻き付けながら、あからさまに大きなため息を吐く。その瞳はすっかり乾いていて、つい先ほどまで泣いていたとは全く思えない。

お母様がいなくなって悲しいから男性に温もりを求めるなんて、嘘《うそ》なんじゃないかしら……。実の妹を疑うようなことを考えてしまう自分が恥ずかしい。

「じゃあ、どうして私の名前を教えるの？　普通なら自分の名前を言えばいいでしょう？」

「もう、うるさいうるさいっ！　ロザリーに傷付いて欲しくないのなら、今まで通り名前を貸していればいいのよ！」

「ロザリー……！」

「お説教はもううんざり！　これ以上ロザリーに構わないでっ！　じゃないと、もっと酷い噂が流れるようにしちゃうんだから！」

逆上したロザリーはリーゼを睨《にら》み付《つ》け、止めるのも聞かずに城の中へ戻って行った。

「私も戻らないと……」

こんな所に一人で居るところを誰かに見られでもしたら、『こんな暗がりにいるなんて、また男を誘っているのか』と言われてしまう。

もう誰にも会わないようにと願いながら、リーゼもロザリーの後を追って城の中へ向かう。

ロザリーは傷付かないといいつつ、自分の名前で噂が広まるのを恐れているのだ。

見た目が違えば、『髪や瞳の色が違うでしょう？　それは自分ではないわ』と否定できるものの、リーゼとロザリーは体型や細かな特徴が違っても、髪色や瞳といった大まかな特徴が一致しているため、皆すっかり騙《だま》されている。そして実の父さえも――。

『どうしてお前はそんなふしだらな娘に育ってしまったんだ！　ああ、恥ずかしい……　これはお前だけの問題じゃない。お前はペルラン伯爵家の名に傷を付けたんだぞ⁉　わかっているのか⁉』

『お父様違うの！　私、そんなことしていないわ……！』

『お前じゃなければ、誰だと言うんだ！』

『それは……』

自分の名誉を挽回《ばんかい》するために妹の名前を出して告げ口をするのは……と口を噤《つぐ》んでいると、

『お姉様、不特定多数の男性と関係を持つなんていけないことよ！　どうしてそんなことをするの？　信じられない……！』

ロザリーが涙を瞳いっぱいに浮かべながら、リーゼに何度も言われていたことをそっくりそのまま自分の言葉にして父に訴えた。

父に真実を知られるのを恐れたロザリーは、これ幸いと言うようにリーゼに罪を被《かぶ》せたのだ

った。自分はそんなことをしていないとリーゼが必死に訴えても、

『お父様騙されてはだめよ！　ロザリーも最初は信じられなかったわ。大好きなお姉様がそんなふしだらなことをしているなんて……でも、ロザリー、実際に見てしまったの……お姉様、どうしてそんなことをするの？』

とロザリーが涙ながらに追い打ちをかけてくるものだから、父はすっかり彼女のことを信じてしまっている。

誤解した父はリーゼの動向を注意深く監視するようになって、ロザリーから目を離すようになり、彼女はますます頻繁に屋敷を抜け出すようになった。なので、告げ口するのは嫌だったけれど、リーゼはロザリーのしてきたことを父に話した。

けれどロザリーの話を信じきっている父は、いくらリーゼが訴えようと全く取り合おうとはしてくれなかった。

それどころか実の妹を悪く言ってまで自分の保身を図ろうとするなんて、どうしてそんな酷い子に育ったのか、自分の育て方がやはり悪かったのか……と落ち込ませてしまった。

訴えるほどに父が憔悴《しょうすい》していくのが目に見えるほどにわかった。それに加えて今まで山のように来ていたリーゼへの良家からの縁談話がぱったりと来なくなったことも悩みの種となり、お酒の量が異常なほどに増えていると、使用人たちから聞いている。

これ以上潔白を主張すれば、父の心だけでなく身体まで壊してしまうかもしれない。大切な

人を苦しめてまで自分の潔白を訴えて何になるのだろうと、リーゼは父に無実を主張するのをやめることにした。

リーゼが何も言えないのをいいことに、ロザリーの男遊びは激しくなっていく。それに比例して噂はどんどん広まって、社交界に出るとたくさんの男性が一夜の関係を求めてリーゼに声をかけてくるようになった。

たくさんの女性が自分に蔑みの目を向けるようになり、通りすがりざまに『男なら誰でもいいの？』『貴族の家ではなくて娼婦《しょうふ》に生まれられたらよかったのに』などと、酷い言葉をかけられた。

誰かがこちらを見るたびに、誰かがこちらを向いて話すたびに、自分をふしだらな人間だと笑っているような気がして、次第に外へ出るのが怖くなった。

糸が複雑に縺《もつ》れて、足元に絡んでいるみたいだ。もうどこを引っ張ればいいかわからない。少しでも間違えたら更に縺れて、二度と解けなくなってしまうかもしれない。

ロザリーのこと、父のこと、そして自分のこと——どこから触れたらいいのか、どうしたら皆が良い方向へ行けるのか何度考えてもわからない。

ホールへ戻ると、「今までどこへ行っていたのかしら」「また男の人と会っていたんじゃない？」と淑女たちの陰口が聞こえてくる。声を潜める様子もないし、陰口と言うよりはわざと聞こえるように言っているのかもしれない。

に逸らす。

ロザリーは何事もなかったかのように友人と談笑していて、リーゼと目が合うとあからさまに逸らす。

リーゼはメイドから赤ワインを貰い、ホールの隅でぼんやりとダンスを楽しむ紳士淑女を眺めながら小さなため息をつく。

こうしてワインをちびちび飲んでいれば、踊る気がないと察して貰えるだろう。

「レディ・リーゼ、壁の花でいるのは勿体《もったい》ない。よろしければ私と踊っていただけませんか？」

「ああ、レディ・リーゼ、こんな所にいたのですね。先ほどからずっと探していたのですよ。さあ、そんな所にいないで、僕と踊りましょう」

……と思っていたのだけど、考えが甘かったようだ。

プレイボーイと名高い紳士たちがあっという間に集まってきて、淑女たちの視線がますます鋭いものになる。

「ねぇ、ロザリー……あなたのお姉様のことを悪く言うのは心苦しいけれど、不特定多数の男性と関係を持つのはどうかと思うの」

「ロザリーのことは気にしなくていいのよ。それにお姉様のことは、ロザリーの悩みの種でもあるから。それよりもお祖父様《じいさま》のお加減はいかが？　ロザリー心配で……」

「ありがとう、大丈夫よ。あなたはこんなにもいい子なのにね……同じ姉妹なのに、どうしてこうも違うのかしら」

もう、誰が原因だと思っているの……！

今すぐ叱りつけてやりたいところだけど、こんな所で言い争えばゴシップのネタにされるだけだ。それでは、父の心労を増やすだけだと感情を抑え込み、平静を装いながら「いえ、今は一人でワインを楽しみたいんです」と言って紳士たちを遠ざける。けれどでは自分たちも一緒に……と食い下がってくるものだから、たじろいでしまう。

無下に扱えば失礼に当たる。どうすればいいだろう。

失礼に当たらない断り方を考えていると、誰かが腕に抱き着いてきた。ふわりと鼻腔をくすぐる甘い花の香り――この香りは……。

「ごめんなさい。リーゼは私とお話しする約束をしているの。譲っていただける？」

「クロエ！」

城へ来てからずっとこわばっていたままだったリーゼの表情が、一気に綻ぶ。

夜空を溶かしたように美しいブルネットの髪と神秘的な青紫色の瞳が印象的な彼女は、クロエ・モラン。リーゼの幼馴染《おさななじみ》で、唯一心を許せる親友だ。

「リーゼ、久しぶりね。会いたかったわ！」

見渡さなくても、周りの視線が集中しているのがわかる。クロエと親しくしていたら、彼女にまで嫌な噂が生まれて付きまとうようになるかもしれない。

クロエはつい最近モラン公爵家に嫁いだばかりだ。噂のせいで夫婦喧嘩《げんか》のきっかけになっては大変だ。なるべく親しくない素振りを見せなくては……。

「クロエ様、お久しぶりです。では私はこれで……」

なるべく他人行儀に対応し、目を合わせないよう立ち去ろうとしたけれど、彼女はリーゼの腕を放してくれない。

「こら、どこへ行くの？　そんな他人行儀な話し方までして……気遣い屋のあなたのことだから、どうせ私に迷惑がかかるとかなんとか思っているんでしょう？」

クロエはリーゼにしか聞こえないよう、こっそり耳打ちしてくる。

どうしてクロエにはわかってしまうのかしら……。

「そんなことないわ」

図星を突かれて動揺したものの、平静を装ってそう答えた。

「ふふ、嘘を吐いては駄目よ。あなたは昔から顔に出ちゃうんだから。……ねぇ、知ってる？　昔からの習わしで、親友に遠慮するお馬鹿な子は、その親友に頬《ほお》を抓《つね》られないといけないのよ」

「ふふ、何それ」

しまった。笑ってしまった。親しい雰囲気が出てしまう。

冷や汗を浮かべながら狼狽《ろうばい》するリーゼとは対照的に、クロエはとても満足そうに笑っている。

「抓るのは見逃してあげる。ここだと落ち着かないわね。ゆっくり話せる場所へ行きましょう。……っと、ワインを持ったままだと危ないわね」

クロエはリーゼが持っているワインを取り上げると、メイドに渡して下げさせた。

「あっ……でも……」

「いいから、ほらっ！」

クロエは自分たちも会話に加わりたいという紳士たちに「久しぶりに会うものだから二人きりで話したいの。ごめんなさいね」と断って、リーゼの手を引いて場所を移す。

「クロエ、だめよ。あなたにまで悪い噂がたってしまうわ」

慌てて手を解こうとしても、離してくれない。ぶんぶん振っても、全く離してくれない。

「別に構わないわ」

「でも、モラン公爵にご迷惑がかかるわ」

「うちの旦那様は噂なんて気にしないわ。私が旦那様以外興味がないってこと、ちゃーんと知ってるもの。むしろ噂を信じて嫉妬してくれたら嬉しいわ。旦那様がもし嫉妬してくれたら……うふっ！」

旦那が嫉妬してくれる想像をしたクロエは、嬉しそうに口元を綻ばせて頬を赤らめる。

クロエの旦那であるモラン公爵は彼女より二十歳年上の落ち着いた男性だ。

彼は兄の友人で、クロエが小さい頃からよく屋敷へ遊びに来ていて、彼女とも遊んでくれていたらしい。

月日を重ねていくうちに、『いつも遊んでくれている優しいお兄さん』から『初恋の人』へ変わり、やがて『添い遂げたいほど愛している人』へ変わっていった。自分の気持ちを自覚してから勇気を出して告白したけれどちっとも相手にして貰えず、何度も何度も告白し続けてようやく交際するようになり、結婚へと繋《つな》げることができたのだ。

クロエが嫉妬をすることはあっても、モラン公爵は全く嫉妬してくれないのが悩みらしい。

「この辺りでいいわね」

クロエは先ほどの紳士たちやロザリーたちから距離がある場所で足を止めると、ようやくリーゼの手を離す。

「クロエ、ありがとう……」

「噂、ますます酷いことになってるわね。ロザリーは相変わらずあなたの名前を使って男遊びを続けているの？」

「ええ……」

クロエだけはリーゼの噂を聞きつけると、『リーゼがそんなことするわけないじゃない！　どうしてこんな変な噂が流れているの⁉』とかけつけてきてくれた。父の心労を増やしてしまうからと事実無根だと訴えるのを止めると決めていたし、本当のことは誰にも口外しないようにしようとしていたけれど、『親友に隠し事が通用するなんて思わないことね。何か隠しているでしょう？　さあ、言いなさい。許してくれるまでは帰らないわよ』と言ってそのまま数日間泊まってくれた。

　観念してようやく真実を口にすると、彼女は全く疑わずに『やっぱりね！』と信じてくれて、リーゼは嬉しさのあまり大泣きしてしまった。

「私、もうどうしていいかわからなくて……」

　声が震える。頭の中で考えている時はなんでもないのに、口に出すと涙が出そうになるのはどうしてだろう。

「リーゼ……」

　クロエが優しく背中を撫《な》でてくれると、ますます涙が出そうになる。

「ねぇ、リーゼ……家族のためを思うことは素晴らしいことだわ。あなたは昔から優しい子だったものね。おばさまが亡くなってからは、自分のことは後回しにして、いつもおじさまやロザリーが悲しい思いをしないようにって悲しいのを我慢して明るく振る舞って、我慢ができない時は時は陰でこっそり泣いて……私、そんな優しいあなたが大好き。でも、自分を犠牲にして家族のためにだなんて、限度があるわ。このままじゃあなたの心が参ってしまう」

　いつの間にか冷たくなっていた両手をクロエが優しく包み込んでくれる。手袋越しでも彼女の温かい温もりが伝わってきて、なおさら涙が出てくる。瞬《まばた》きしたら涙がこぼれてしまいそうだ。

「何が『お母様が亡くなって寂しいの。お母様が抱きしめてくださる温もりを男性に求めてしまうんだわ』よ。母親と男性とじゃ与えてくれる温もりが全く違うでしょうに！　お母様は胸を揉《も》まないし、身体中いやらしい手付きで触らないし、そもそも硬くなる棒が付いてないわ！」

「ぼ、棒ってクロエ、あの……」

「ロザリーは温もりを求めているわけじゃなくて、快楽に溺れているだけよ。あの子は昔から自分でしでかした悪戯《いたずら》をリーゼのせいにしていたけど、まさかこんなことまであなたのせいにするなんて……あーもう、腹が立つ！　おばさまが生きていた頃はあの子をちゃんと叱ってくれていたけれど、亡くなってからは叱ってくれる人がいなくなってしまったものね。……というかあなたはちゃんと叱っていたけれど……」

父は甘え上手なロザリーに弱くて、唯一叱ることができたのは母だけだった。

母が亡くなってからはリーゼがその役目を引き継いだけれど、ロザリーは怒られると反省するどころか『どうしてお姉様にお母様みたいなことを言われなくちゃいけないの⁉　偉そうにしないでよっ！』と反抗するばかりで一向にリーゼの言うことを聞かず、やがて淫らな遊びへ走るようになった。

もっと別の叱り方をしていたら……。

父に叱って欲しいとしつこいぐらい訴え続けていたら……。

あの時こうしていれば……と、後悔ばかりが頭を占める。

「ロザリーもロザリーだけど、おじさまもおじさまだわ。ロザリーに甘すぎるし、すっかり騙されて！　それでも親なのっ⁉　もう……もうもうっ！」

苛立ったクロエはヒールが折れそうな勢いで床を踏みならし、怒りを発散させる。

「クロエ、ありがとう」

クロエの優しさは、柔らかな湧水のようだ。悪意に傷付けられた心は常に塩水に浸されているかのようにヒリヒリしていたけれど、彼女の優しさは全てを洗い流してくれるみたいだといつも思う。

「……と、ごめんなさい。私、今夜はそろそろ帰らなくちゃ」

「来たばかりなのに？」

「ええ、これから行かなくてはいけないところがあってね……でもせっかくの舞踏会でしょ？　華やかな空気が少しでも吸いたくて寄っちゃった。あなたもいるって聞いていたしね」

リーゼは知っている。クロエは華やかな場所はあまり好まない女性なのだ。きっと彼女はリーゼを心配してくれて、わざわざ寄ってくれたのだろう。

「そうだったの。ありがとうクロエ。本当にありがとう」

「こんな中にあなたを一人残していくのは心配なのだけど……」

「いいえ、大丈夫よ。ありがとう。もう本当に大丈夫だから……」

何度も振り返るクロエに笑顔で手を振って見送り、彼女の姿が見えなくなってからはぼんやりとワルツを踊る紳士淑女を眺めた。

遊び人という噂が流れて、たった一つだけ良いことがあった。噂が流れてからというもの山のように来ていた縁談話がぱったりと来なくなり、たまに来たとしても父が『ペルラン伯爵家にふさわしい家柄ではない』とすぐに断ってくれるため、周りが結婚や婚約を決めていく中、リーゼは独り身のままでいられることだ。

だって私は、あの方しか愛せないもの——。

リーゼがある男性のことを思い出して胸をときめかせていると、ある青年がホールへ入ってきた。すると周りの淑女たちの頬が薔薇色《ばらいろ》に染まり、瞳はシャンデリアにも負けないほどキラキラと輝く。

「見て！　クロード様がいらっしゃったわっ！」

「ねぇ、今日の私のドレス、変じゃない？　今日こそクロード様にお声をかけていただけるかしら……」

淑女たちの視線を浴びるその青年は、クロード・ラクルテル。パイライト国の第二王子で、リーゼが恋い焦がれている人物だ。

短く爽やかに整えられたサラサラの髪は、光がなくとも自ら輝く太陽のように見事な黄金色で、精緻な刺繍《ししゅう》が施された濃紺のジャケットが髪色の美しさを引き立てている。

意志の強さを表すような切れ長の瞳は、海のように深い青。高い鼻梁《びりょう》、形の良い男性らしい薄い唇、全てが計算しつくされたかのように完璧な位置にあり、淑女だけではなく紳士たちも見惚《みと》れてしまうほどの美しさだ。

十八歳になったばかりの彼は独身で婚約者の存在もなければ、恋人と噂される女性もいないことから、淑女たちは『自分にもチャンスがあるのでは？』と期待している。

ロザリーも期待をしているうちの一人で、王宮で行われる舞踏会に参加する時は、いつも以上に着飾っていた。

「ああ、なんて美しいレディたちなんだろう。まるで色とりどりの美しい花を見ているようだね、クロード」

クロードの肩を叩《たた》いたのは、彼の兄であるエルヴェ・ラクルテルだ。五年ほど前に、流行《はや》り病で前国王である父を亡くし、当時十五歳の若さで王座に就いた。

クロードと同じく見事な黄金色の髪は、彼と違って少し癖があり、長く伸ばして後ろで一つに結わえている。優しそうな印象の垂れ目もクロードと同じく海のように美しい青だ。彼らが並ぶ姿は絵画のように麗しい。淑女たちはうっとりと見惚れ、悩ましいため息をこぼす。

「クロード様も素敵だけど、エルヴェ様も素敵……愛妾《あいしょう》にしてほしいだなんて贅沢《ぜいたく》は言わないから、一晩でもお相手していただきたいわ……」

「あら、無理よ。エルヴェ様はアメリア様一筋だもの」

エルヴェは外交先で他国の姫と恋に落ちてすぐに婚約を結び、昨年盛大な結婚式を挙げたばかりだった。

彼に憧れていた星の数ほどの淑女たちが涙を流し、今でも諦めきれずに一夜限りの関係や愛妾の座を狙っているとの話をあちこちで聞く。

「ねぇ、クロード。今日も素敵なレディたちがたくさんいらっしゃっているね」

「ええ、本当に。思わず見惚れてしまうほどです」

にっこりと微笑《ほほえ》むクロードは、そう言いつつもどこか空返事《からへんじ》で、周りを見渡す様子は全くない。

「さあ、クロード、踊っておいで。ここにいるレディたちはとても優しいから、きっとお前の誘いを断ることはないはずだよ」

エルヴェの一言に、淑女たちは期待で心臓を跳ね上がらせる。しかしクロードは、

「いえ兄上、こんなに美しいレディたちの前では舞い上がってしまって、上手に踊れる自信がありません。今宵《こよい》は勉強も兼ね、ご参加いただいている皆様の華麗なダンスを拝見させていただきますよ」

「クロード、またお前はそんなことを言って……」

「兄上と義姉《あね》上のダンスも楽しみにしていますよ」

クロードはにっこりと微笑むと、精緻な飾りに彩られた椅子に腰をおろし、ダンスを踊る紳

士淑女を眺める。

リーゼは人と人の間に隠れ、こっそりとクロードの姿を見つめた。隠れているし、ダンスに夢中になっているだろうし、こうして見ていても気付かれないはずだ。

あら……？

するとダンスを拝見すると言っていたのに、彼の視線は何かを探すようにホール内を動いているのに気付く。何かを探しているのだろうか。

クロードを見つめ続けていると、ばちっと目が合ってしまった。

え……っ！

心臓が大きく跳ね上がる。

偶然？　いや、人と人の間に隠れていたから大丈夫だろうと思っていたけれど、あまりにもじっと見続けていたせいで気付かれてしまったのだろうか。

彼は数秒ほどリーゼを見つめた後、ふいっと目を逸らす。

そうされると、酷い陰口を叩かれた時よりも胸が痛む。彼の姿をもっと見ていたいけれど、これ以上この場に居ては涙がこぼれてしまうだろう。

リーゼはそっとホールを後にして一足先に屋敷へ戻り、ドレスも脱がさずベッドへ寝転んだ。

やっぱり私、嫌われているのね……。

第一章　突き放してしまった恋

舞踏会の翌日――早くに目が覚めたリーゼは暇を持て余し、日傘を差して庭を散歩していた。

降り注ぐ太陽の光が日に日に強くなり、風が生ぬるくなっていくのを感じる。

ああ、今年も、もうすぐ夏が来るんだわ……。

夏はリーゼにとって、特別な季節だった。甘くて、苦い、とても大切な思い出のある季節――。

リーゼは大きなため息を吐き、日傘をくるくる回しながら十歳の夏に訪れたとても大切な出来事を思い出していた。

ペルラン伯爵家では毎年、郊外にある別荘で夏を過ごすのが決まりだった。

別荘近くには森に囲まれた大きな湖があり、母が存命だった時には家族全員でボート遊びをして涼を取ったものだ。

母とロザリーと一緒にクッキーを作ったのが楽しかった。出来上がったばかりのクッキーは熱くて、柔らかくて、火傷《やけど》しそうになりながらも夢中になって食べたものだ。甘いものが苦手だという父も三人が作ったクッキーだけはたくさん食べてくれたのが嬉しかった。

『ここにいる時だけは特別よ』と言って、いつもより寝る時間を三十分だけ伸ばして貰って、家族全員でおしゃべりをしながら過ごす時間が愛《いと》おしかった。

失うまでは、こんな夏が当たり前に訪れると思っていた。

当たり前なわけがなかったのに……。

母が居なくなってからの夏は、相変わらず別荘へは訪れていたけれど、それは単なる避暑としてで、家族で同じ時を共有することはなくなった。

ここは本宅以上に、家族での楽しい思い出が詰まっている。三人で同じことをしようとすれば、どうしても母のことを思い出して悲しくなってしまう。

ここに来ると本宅で過ごしている時以上にロザリーは愚図《ぐず》って父に甘えるようになり、妻を失った悲しみに加えてロザリーをあやさなければいけない父は、悲しみや疲れを忘れるために泥酔するまでお酒を呷っている。

自分も母を思い出して辛いし、もうここには来なければいいのではないかと幼いながらに提案した。けれど父はとても暑さに弱く、王都で夏を過ごすと必ず体調を崩すため、避暑は必要不可欠だった。

最初こそ自室にこもって母の居ない夏を悲しんでいたリーゼだったけれど、屋敷中響き渡るほど聞こえるロザリーの大きな泣き声、それに気付かないほど泥酔してベッドから起き上がれない父を見ているうちに、幼いながらもこのままではいけない……と、泣くのを我慢するようになった。

　昼間は母のことを思い出して寂しいと愚図るロザリーをあやし、夜中は何度も起きて、眠い目を擦りながら父が深酒しないよう声をかけた。

　二人の前ではけして泣いてはいけない。生前母は、

『人の感情はね、うつるものなのよ。誰かが泣いていると、自分も悲しくなって涙が出そうになるでしょう？　それと同じく笑顔もうつるものなのよ。だからもし泣いている人を見つけたら、手を差し伸べて笑いかけてあげなさい』

　とよく言っていた。だから二人の前では絶対泣かない。リーゼが泣いてしまったら、二人がもっと悲しくなる。笑顔をうつしてくれる人が誰もいなくなってしまう。

　二人の前では、笑顔を絶やさないように……と心がけて日々を過ごしていくうちに、ばらつきはあったけれど、二人がわずかに笑顔を見せてくれるようになった。リーゼの笑顔がうつる日もあれば、逆に気持ちを逆立てる日もある。

「よくもそんな楽しそうに笑えるものだな。お前はお母様が居なくなって寂しくないのか？　なんて薄情な娘なんだ……」

「お母様に会いたいっ！　ロザリーはお姉様じゃなくて、お母様に頭を撫でて欲しいのっ！　お姉様なんていらないっ！　お母様じゃなくて、お姉様が居なくなればいいのよ！」

涙が我慢できなくなった時、リーゼは家族で遊んだ湖で一人涙を流した。

二人のきつい言葉は、きっと本心ではない。抑え切れなくなった感情を自分でもどうしていいかわからなくて、リーゼにぶつけているだけだ。幼くてもそのことはなんとなくわかる。だってリーゼもこの感情をどうしたらいいのかわからないのだ。

私だって悲しい。私だってお母様に会いたい……！

湖の木陰にうずくまって身を隠し、できるだけ声を出さないように涙を流す。

「う……っ……うぅ……っ……」

湖畔の水音に混じって、小さな嗚咽《おえつ》が響く。

声を出してはいけない。誰かが捜しにきたら、気付かれてしまう。

必死に声を抑えるけれど、そんな努力は徒労に終わる。別荘にいるのは父とロザリーと数名の使用人のみ。家族は自室にこもっているし、気付いたとしてもリーゼは母を失った悲しみからもう立ち直っていると思っているのだから、どこかへ遊びに行ったのだろうとしか考えない。

使用人たちは自分たちの仕事をこなすことに忙しいため、リーゼを探しに来る者は、誰一人としていなかった。

そうして何年も過ごしているうちに、十歳になる頃には、母が居ない生活にも大分慣れてきた。

父は相変わらず酒を飲むけれど泥酔するまで飲むのはやめたし、ロザリーは母が恋しくなって時折火が付いたように泣くことはあるけれど普段は以前のように明るく過ごせている。そしてリーゼも心が引き裂かれるような痛みはなくなり、無理に作っていた笑顔も自然と出せるようになってきた。

悲しみでもたらされる激しい心の痛みはゆっくりと時間をかけて、だんだんと鈍くなっていくのだと知った。そして辛さが和らいでいくのと同時に、時間が経《た》てば経つほどあんなに恋しかった母の顔や声、大好きだった香りもぼやけてきているのに気付く。

「忘れたくないのに、どうして忘れてしまうのかしら……」

湖の穏やかな水面を眺めながら、小さなため息を吐く。

数年経った今でも、悲しくなったり、泣きそうになると自然と足がここへ向く。木陰で湖を眺めていると、不思議と気持ちが穏やかになるのだ。

今年は母が居なくなってから、四度目の夏――。

母が居ない生活に慣れてきたとはいえ、この別荘は母との思い出が多すぎる。父は到着と共に酒を飲み始めたし、ロザリーも泣きはしないけれど部屋でふさぎ込んでいる。

みんなが楽しい気持ちになれるように、明るく振る舞わないといけないのに、笑顔が上手く作れない。屋敷の中にいると息が詰まりそうで、リーゼは荷解《にほど》きもそこそこにして湖へやってきた。

手近にあった小石を手に取り、水面に落とす。ポチャンと音がして、石がゆらゆらと底へ落ちていく。それを見ていると、自分の中にある重苦しい気持ちも一緒に湖の底へ沈められる気がして、ここへ来るとやっている遊びだった。

でもどうしてだろう。今日はいくつ落としても、心が晴れない。ポチャン、ポチャンと石を落とす音の他に、草を踏む音が近付いてくるのに気付く。

ロザリー？

ロザリーが自ら外に出て来るなんて珍しい。母が存命だった頃には母が引っ張ってきてようやく外へ出てきていたけれど、彼女はあまり外が好きではないし、父に似て暑さに弱い。それにしても一人で来るなんて危ない。足でも踏み外して湖に落ちたら大変だ。

「ロザリー、一人で来るなんて危ないわ。誰かに付いてきて貰わないとだめじゃな……」

足音が止まるのと同時に振り向くと、心臓が大きく跳ね上がって一瞬呼吸を忘れてしまう。

そこに立っていたのはロザリーではなく、絵本で見た天使のように美しい少年だった。

短く切りそろえられた見事な黄金色の髪に、海のように美しい青い瞳をした綺麗《きれい》な顔立ちの少年だ。あまりの美しさに、目が離せない。でもどうしてだろう。とても美しい瞳なのに、どこか悲しげに見える。

「……ああ、先客が居たんだ。邪魔をしたね。失礼」

少年はリーゼの姿を見るとすぐに踵《きびす》を返し、今来た道を戻って行こうとする。

「待って！」

リーゼは立ち上がり、気が付くと少年の服の裾を掴《つか》んでいた。

驚いた少年は目を丸くする。行動を起こした張本人であるリーゼも同じく目を丸くした。無意識のうちの行動だったからだ。

母から貰った大切にしている髪飾りがテーブルから落ちそうになり、慌てて手を伸ばして受け止めた時のように、階段から落ちそうになったロザリーの手を引いた時のような咄嗟《とっさ》の行動だった。

今止めなければ、湖の底へ沈んでいった石のように、彼も暗くて光のない沈んで行ってしまうような——説明しがたい胸騒ぎがして、手が離せない。

「どうかしたのかな？」

少年はにっこりとリーゼに微笑みかけてくれた。その笑顔に、どこか違和感を覚える。

笑っているのに、笑っていないような気がするのだ。こんな表情をリーゼは見たことがある。

ふと湖の水面に映った自分の顔を見て、ハッとした。

そうだ。この顔は、少し前の自分の顔だ。父やロザリーに悲しみをうつさないように、無理して作った自分の笑顔にそっくりだった。

「どうしたの？」

質問したのに質問で返されてしまった少年は、またキョトンと目を丸くする。

「質問したのは俺なんだけどな」

確かにそうだ。きっと変な子だと思われているに違いない。真っ赤な顔をして固まるリーゼを見ると、少年はまたにっこりと微笑む。

「どうして止めるのかな？」

「あ、あの、何か悲しいことがあったんじゃないかと思って……」

男の子と話したことなんて数えるほどしかないから、少し緊張してしまう。ようやく出した声はとても小さくて、少年にちゃんと聞こえたか不安になる。

「……っ……い、いや、そんなことはないよ……」

ちゃんと聞こえていたらしい。少年が一瞬だけ笑顔を崩して真顔になりそうになるのをリーゼは見逃さなかった。やっぱり何か悲しいことがあったに違いない。

「あのねっ！　こっちに来てっ！」

リーゼは少年の裾を掴んで、湖の方へ誘導する。その場にしゃがむように頼むと、少年は不思議そうにしながらも素直に従ってくれた。

「しゃがんでどうするの？」

「石を拾って、両手に包むの。そして嫌なこととか、悲しいこととか、何か願い事とか、とにかく今思ってる全部のことをこの石に込めて、こうやって落とすの」

彼の辛い気持ちが、少しでも軽くなりますようにと願いを込めて、リーゼは湖に小石を落とす。

「こうかな？」

少年もリーゼと同じように両手で小石を包み込み、湖に落とした。

「ええ、あのね、こうしたら少しだけ気持ちが楽になるの。どう？　少しは楽になった？　私も今、あなたの気持ちが楽になるようにお願いしてみたのだけど……」

身を乗り出して尋ねると、少年がじっとリーゼを見つめる。

「ご、ごめんなさい。だめだったかしら……」

悲しいことがあったのを隠しているのだと思いこんで強引に付き合わせてしまったけれど、リーゼの勘違いだったのかもしれない。

ど、どうしよう……。

今さら不安になっていると、彼は口元を綻ばせた。先ほど見た表情とは違う。無理のない、心からの笑顔だ。

「心配してくれて、ありがとう。気持ちが楽になったよ」

やっぱり、何か悲しいことがあったらしい。

「本当に？　よかったぁ……」

ホッと胸を撫《な》で下《お》ろし、リーゼは少年の顔を見つめる。彼の微笑みを見ていると、自分の心も温かくなる。自然と口元が綻ぶ。

お母様が言っていた通り、本当に笑顔もうつるのね。

彼の笑顔がリーゼの心に温かさを与えてくれたように、自分の笑顔も父やロザリーの心に少しでも温かさを与えられていたらいいなと思う。

「今のはおまじないか何か？　俺はそういうのに疎いんだけど、有名なものなのかな？」

「ううん、これは私が考えたものなの。だからおまじないとかではないのだけど、悲しい気持ちがなくなってよかったわ」

するとと少年は、リーゼの頭をぽんぽんと撫でた。

「え？　な、なぁに？」

「そういえば俺がここに来た時、今みたいに石を沈めていたなーって思って。キミも何か悲しいことがあったの？」

見られていたのね……。

正直なことを言えば、悲しい顔になってしまう。せっかく笑顔になってくれた彼に、悲しみをうつしたくない。

「い、いいえ、そんなことないわ」

嘘を吐くのは心苦しいけれど、父やロザリーの前でずっとそうしてきたように笑って見せる。

「キミは嘘を吐くのが下手なんだね」

どうして見抜かれてしまったのだろう。もしかしてちゃんと笑えていなかったのだろうか。

「あ、あの、私、ちゃんと笑えていないのかしら。どうしよう。私、お父様とロザリーの前でもちゃんと笑えていなかったのかしら……」

　泣いてはいけないのに、不安になると涙が出てきそうになる。

「いや、ちゃんと笑えていたよ。ただ悲しいことを我慢している時の俺と同じ風に笑うなぁって感じたから、嘘を吐いてるんじゃないかって思っただけ。当たってたみたいだね」

　リーゼが彼の笑顔が作ったものだと気付いたのと同じように、彼もまた気付いたのだ。

「お父様とロザリー……ああ、そういえばさっきも俺をロザリーって子と間違えていたね。家族かな？」

「え、ええ、ロザリーは妹なの」

「そっか、どうしてちゃんと笑えていないかって不安になったの？　笑いたくない時には無理に笑わなくていいんじゃないかな」

「だめ……だめなの。悲しい気持ち、うつしちゃう……」

　声を出すと、ますます泣きそうになってしまう。

「うつしちゃう？　どういうこと？」

「……っ……誰かが悲しい顔をしてると、自分も悲しくなっちゃうでしょう？　それと同じく笑顔もうつるんだって、お母様から教えて貰ったの」

「ああ、確かに……言われてみると、そうかもしれないね。うん、うつるかもしれない」

　少年はリーゼの頭を撫でながら、納得したようにうんうん頷《うなず》く。

「でしょう？　だから私、泣いちゃだめなの……笑わなきゃ……」

「うつしたっていいよ。家族なんだし、キミはまだ小さいんだから、泣きたい時には泣いて、笑いたい時には笑っていいと思うよ」

ふるふる首を左右に振ると、少年は不思議そうに「どうして？」と尋ねてくる。

「……っ……お母様が死んじゃって、お父様もロザリーもずっと泣いていたの。私まで泣いたら、二人に私の涙がうつって、もっと悲しくなっちゃう……」

気が付けば、本当のことを口にしていた。心配させるのは嫌だからと親友のクロエにも言えなかった、本当のこと――どうして彼には言ってしまったのだろう。

声が震えて、視界がぼやけてくる。どうしよう。涙が出てきた……いや、泣いてはだめだ。リーゼが泣いたら、せっかく笑ってくれた彼に悲しみをうつしてしまう。

「そっか……お母様が亡くなったのは、つい最近？」

「四年前……最近は二人とも笑えるようになってきたの。お父様もお酒の量が少なくなったし、ロザリーも泣く回数が減ったのよ」

「じゃあ、もう泣くのを我慢しなくていいんじゃないかな。家族がキミに甘えた分、今度はキミが甘えても……」

「そんなことできないわ。私が泣いたら、悲しい気持ちをうつしちゃう。そうしたらまた元通りになっちゃうかも……。そんなの嫌よ……」

泣きながら深酒をする父の姿、母を求めて泣くロザリーの悲しい声……もう見たくない。聞きたくない。二人には母が居た頃のように幸せそうに笑っていて欲しい。あんな悲しい姿を見るくらいなら、あんな悲しい声を聞くくらいなら、自分はいくらだって我慢したっていい。

「泣きたくなったら、ここに来て泣くからいいの」

「……そっか、辛いことを思い出させちゃったね」

泣いたらだめだと思うほどに、涙が出てくる。このままでは泣いてるところを見られてしまうと少年に背を向け、零れそうになる涙を手の甲で拭う。すると彼が真正面に回ってきた。

どうしてこっちに来るの⁉

「えっ……み、見ちゃだめ……っ」

慌ててまた背中を向けたけど、少年はまたリーゼの正面に回ってくる。

「見ちゃだめだって言ってるのに、どうしてそんな意地悪するの？」

涙をこぼさないよう必死に涙を拭っていると、少年は胸のポケットを飾っていたハンカチを取り出して拭き取ってくれる。

「意地悪じゃないよ。ただ、俺の前では我慢してほしくなかったんだ」

真っ白なハンカチに、リーゼの涙が滲《にじ》みこむ。

「でも、あなたにうつしちゃう……」

「大丈夫だよ。うつったとしても、さっきキミが教えてくれた方法があるしね」

頭を撫でられると、涙がどんどん溢《あふ》れてくる。

「我慢しなくていいよ。今まで偉かったね」

ああ、もうだめだ。リーゼは口元を押さえて、声を出さないように涙を流す。

「声を出して泣いていいんだよ？」

「だめ……近くにお父様とロザリーが来たら、泣いてるの……ばれちゃう……ものっ……」

説明し終えると、リーゼはまたきつく口を押える。そうだ。ここからでは父やロザリーが来たら、泣いているところを見られてしまうかもしれない。リーゼはいつもそうしているように木陰へ移動する。

「どこへ行くの？」

「隠れるのよ。お父様やロザリーに見られないように……ひゃっ……！」

木陰に身を隠そうと立ち上がると、少年が抱き寄せてくれた。

心臓が大きく跳ねる。あまりにも大きく跳ね上がったものだから、一瞬飛び出してしまったのかと思った。

「隠れなくてもいいよ。俺が隠してあげる。俺の身体はキミよりも少し大きいから、こうしていればキミのお父様や妹が来ても見えないよ。だからそんなところに隠れなくていいんだ。声だって我慢しないでいいよ。キミの家族が来たら、俺がちゃんと誤魔化してあげる。だから気が済むまで泣いて」

少年は先ほどのように、リーゼの頭と背中を優しく撫でる。

こうして頭を撫でて貰ったのは、どれくらいぶりだろう。最後に撫でてくれたのは、病床にいた母だった。

「……っ……わぁあああん……！」

リーゼは久しぶりに声を上げ、思いきり涙を流す。四年分の我慢が一気に溢れ、目が腫れるまで泣いた。少年はリーゼが泣《な》き止《や》むまでずっと頭と背中を撫でてくれた。

「大丈夫？」

少年の問いかけに、リーゼはこくりと頷く。母が亡くなってからというもの、胸の中に何かがつかえていたみたいにずっと苦しかった。けれど今はもうない。涙と一緒に溶けていったみたいだ。

ようやく泣き止んで顔を離すと、少年の服はリーゼの涙でぐっしょり濡《ぬ》れていた。

「きゃあああ！　ご、ごめんなさい……っ！」

「大丈夫だよ。夏だし、すぐ乾く。それよりもすごく目が腫れちゃったね」

「えっ！　そ、そんなに？」

確かに目が熱くて、違和感がある。恐る恐る湖の水面に自分の顔を映してみると、「私は大泣きしました！」と宣言しているかのような腫れ具合だった。

「ど、どうしよう……」

「本を読んで感動したことにすればいいよ」

「あ、そっか！　そうね。悲しくて泣いたんじゃないもの。それなら大丈夫よね」

安堵《あんど》して胸を撫で下ろしていると、少年はまだ涙で濡れたリーゼの頬をハンカチで丁寧に拭ってくれた。

「キミは優しい子だね。こんなに小さいのに、周りを気遣って……」

「え？　私、小さくないわ」

確かに大人から見たら幼いかもしれないけれど、彼から見れば同じくらいの年頃だろう。

「うんうん、そうだね。小さくても立派なレディだ」

少年は微笑ましいと言った様子で、幼い子供をあやすようにリーゼの頭を撫でる。

「本当に小さくないわ。私、もう十歳だもの」

「えっ⁉　俺と同じ歳⁉　ご、ごめん。てっきりもっと年下なのかと思ってた」

「あの、年下って、何歳ぐらいだと思っていたの？」

恐る恐る尋ねると、少年は気まずそうに苦笑いを浮かべる。

「……五、いや、六歳……くらい？」

せいぜい実年齢より一、二歳ぐらい下に見られたかと思いきや、それよりもうんと小さい子に思われていたらしい。

ロザリーよりも年下に見られてたなんて……！

リーゼが密《ひそ》かにショックを受けていると、彼の顔がほんの少し赤くなっていることに気付く。どうしたのだろう。

「ご、ごめん、同じ歳の子に……本当に小さい子だと思ったんだ。だからあんな抱きしめて慰め……あああ……そ、その、本当にごめん……」

ほんの少し赤かった少年の顔はみるみるうちに赤みが増していき、最終的に耳まで真っ赤になった。

「あ、い、いえ、そんな……」

抱きしめられた時は驚いたけれど、感情が昂《たか》ぶっていたせいか意識はしなかった。でも冷静になってみれば、とんでもないことだ。

私、男の子に抱きしめられちゃったわ……。

走った時のように、心臓の音がドキドキ早くなる。さっきまで普通に顔を見ることができたのに、今はなんだか気恥ずかしくて真正面から見られない。

「えっと、あの、私の悲しい気持ち、うつってない？」

「うん、大丈夫。なんだか俺の分まで泣いてもらった感じがして、むしろすっきりした」

彼だって悲しい気持ちを抱いていたのに、リーゼばかりが慰められてしまった。

「私ばかり慰めてもらってごめんなさい。あなたは何があったの？」

「あ……えーっと、いや、俺はいいんだ。ありがとう」

遠慮している？　いや、言葉にして伝えられないほどの何かを胸に秘めているのかもしれない。

私ったら、配慮が足りなかったわ……！

「ご、ごめんなさいっ！　無理に聞きたいわけじゃなくて……あの、じゃあ……どうぞっ！」

勢いよく両手を広げると、彼が瞳を丸くする。

「え、どうぞって？」

「ギュッてするから、あなたも好きなだけ泣いて！」

……って、これは私を小さな子と勘違いしたからしてくれたことだったわ！

「あっ……ち、違うの！　へ、変な意味じゃないのよ⁉　さっきあなたがギュッてして泣かせてくれたおかげで、すごくすごく楽になったの。だからと思って……その……」

林檎《りんご》のように顔や耳を真っ赤にして弁解するリーゼを見て、少年は丸くした瞳を細めてクスクス笑い出す。

さらに恥ずかしくなったリーゼは、広げた両手を元に戻そうとする。すると少年が身を寄せ、腰をかがめて彼女の肩にそっと顎を乗せる。

リーゼが両手を広げたまま固まっていると、少年の顔が彼女に負けないぐらい真っ赤に染まる。

「ギュッてしてくれるんじゃなかったの？」

「へ⁉　あっ……え、ええっ！」

自分から言い出したことなのに、意識してなかなか抱きしめられない。愚図ったロザリーにそうしてあげているようにすればいいだけだ。

意識してはいけないと心の中で呟きながら、そっと彼の身体を抱きしめた。

あ……。

どうしてだろう。こんなに日差しが強い日なのに、温《ぬく》もりを感じても暑いから離れたいとは全く思わない。ドキドキするのに、なんだかこうしていると落ち着く。

少年がそうしてくれたように、リーゼも頭と背中を撫でてみた。髪は絹糸のようにサラサラしていて、ずっとこうしていたいほど触り心地がいい。背中はロザリーよりも広くて、彼女よりも少し体温が高い気がする。

彼はジッとして、リーゼにされるがままだ。ドキドキしていて気付くのが遅れたけれど、全く泣いていないような……？

「あの、泣かないの？」

「うん、さっきまで悲しくていつでも泣けそうだったけど、キミに慰めてもらったから出てこないや。でも、もう少しこのままでいい？」

「へ⁉　え、ええ、わかったわ」

しばらくの間会話もせずに、二人はジッとそうしていた。

何か……何か話さないと……あ、そうだわ！

「あ、あの、自己紹介がまだだったわよね。私はリーゼっていうの。あなたは？」

やっとのことで会話を復活させる種を見つけて口を開いたものの、緊張のあまり声が少し上擦ってしまって余計恥ずかしくなる。

「ああ、そうだったね。俺は……クーって呼んで」

愛称、だろうか。

「クー？　本当のお名前は教えてもらえないの？」

「……ごめん。ちょっと事情があって、教えられないんだ」

彼は申し訳なさそうに、家庭の事情で愛称を教えることしかできないのだと答える。残念だけど、事情があるのなら無理強いはしたくない。

「そうなのね。じゃあ、よろしくね。クー」

納得した様子を見せると、クーが安堵の表情を見せる。

「うん、よろしく。リーゼって、すごく可愛《かわい》い名前だね」

「ありがとう！　お母様が付けてくれたのよ。お母様が大切にしていた小説に出てきた女の子の名前で、女の子が生まれたら絶対に付けたいって思っていた名前なんですって。だから私も自分の名前が特別で、お気に入りなの。クーの名前はどなたが付けてくれたの？」

「俺の名前は父が付けてくれたんだよ。でも、リーゼの名前みたいに素敵な由来はないんだ。

あまりに思い付かないから曽祖父と同じ名前を付けたんだってさ」

悲しい気持ちが楽になったのかクーは身体を離し、にっこり笑ってそう答えた。二人はどちらからともなく木陰へ移動して腰を下ろす。もう離れたのに、ドキドキがなかなか収まってくれない。

「お父様が思い付かなかったなら、お母様は？」

「うーん、どうだろう。もし何か思い付いていたとしても、自分が考えた名前にしたいとは言わなかったかもしれないね」

「どういうこと？」

「あ、わかりにくくてごめん。俺には腹違いの兄がいるんだけど……」

「はらちがいってなぁに？」

意味がわからなくて首を傾《かし》げると、父親は同じだけど、母親が違うことだと教えてくれた。

「兄さんの名前も父が付けたから贔屓《ひいき》がないようにってことと、母親同士の争いの火種にならないようにってことで、俺の名前はどうしても父が付けないといけなかったんだ。……ってっても、兄さんの名前も思い付かなかったから、祖父と同じ名前を付けたそうだよ。父はどんなことでもそつなくこなすけど、名付けは不得意だったみたいだ」

思い付かないならどちらも母親が決めたらよかったのにね、と言って、クーは苦笑いを浮かべる。

母親が違う――クーの母は、後妻ということだろうか。離婚？　それとも死別？　いや、でも母親同士の争いの火種にならないようにと言っていたということは……？

どういうことかしら……。

幼いリーゼはそれ以上想像を膨らませることができない。けれどクーの家庭が複雑だということはなんとなくわかる。もしや彼の悲しみは、家庭内が複雑なことに関係しているのだろうか。

クーは『今日は晴れだね』なんて天気の話をするように、兄と母親が違うことをさらりと教えてくれたけれど、聞いてもいいことだったのだろうか。

「ごめんなさい。私、聞いちゃいけないことを聞いちゃったのかしら……あの、クーが悲しくなっちゃったのは、そのことが関係してる？　あっ！　でも、違うの！　無理に聞き出そうとしているわけじゃないのよ？　かといって知りたくないわけでもなくて……話すことで辛くなるならこのままでいていいの。何が言いたいかっていうとその……とにかくごめんなさいっ！」

狼狽《ろうばい》しながら必死に言葉を紡ぐリーゼを見て、クーは瞳を細めた。

「ああ、そっか。気にしてくれたんだ。ありがとう。あんまり自分のことを話すのは得意じゃないし、リーゼをまた悲しい気持ちにさせちゃうかなと思って言うつもりはなかったんだけど……やっぱり聞いてほしくなった。いいかな？」

「本当？　ええ、ぜひ聞きたいわ……！」

　クーのことが知りたい。彼が心の内に何を秘めているのか、彼がどんな人なのか、もっともっと知りたい。出会ったばかりなのに、どうしてこんなことを思うのだろう。こんな気持ちは初めてだ。

「俺の母親は第二夫人なんだ。わかりやすく言うと、『妾《めかけ》』とか『愛人』かな」

　妾の意味は分からなかったけれど、愛人は辛うじてわかった。そしてそれが世間一般ではいけないことだということも……。

「それはいけないことではないの？」

「うーん……世間一般ではそうかもしれないね。罪に問われる場合もあるし……。でもうちはちょっと特殊……というか、それが許されているんだ」

　パイライト国は一夫一婦制だ。不義が明るみに出れば罰せられることは、子供のリーゼでも知っていた。でも自分が知らないだけで、何か手続きを踏めば許されるのかもしれないと思った彼女は素直に納得した。この世の中にはたくさんの家庭がある。その中には父親がいない家庭、ペルラン伯爵家のように母親がいない家庭、両方いない家庭、様々な事情を抱えている。それと同じように愛人が許される家庭もきっとあるのだろう。

「そうなのね。じゃあクーのお家は、お父様とクーのお母様、クー、お兄様、お兄様のお母様の五人家族ってことであってる？」

「うん、あってる」

一人の男性が二人の女性を妻としているということで嫉妬や複雑な感情があり、妻たちは仲が良いとはいえないし、お互いの子供たちに対しても表向きは可愛がってくれるものの実の息子と同じ扱い……ということはできず、やはり自分の子供を一番可愛がっている。

でも子供たちはとても仲が良く、クーは兄をとても慕っているし、兄もクーをとても可愛がってくれているそうだ。

「俺の方の母の話なんだけど、今年の初めから病気になってしまって、ずっと寝込んでるんだ。正直、あんまり良い状態じゃなくてね……」

リーゼはすぐに自分の母親を思い出す。いつも元気だった母が、見たこともないような青い顔をしてベッドに横たわっている。それを何もできずにただ傍に居て見守ることしかできなかった――あの絶望的な気持ちをクーも味わっているのだ。

クーの母は自分が一番大変な状態なのにクーのことばかりを気にかけてくれていて、彼はそんな母に余計な心配をかけたくないと、母が病床についてもなんの変わりもないというように普段通りの自分を演じ、周りの人間が『クーが心配していた』と母の耳に入れないように、母が居ない場所でも徹底的に飄々《ひょうひょう》とした振る舞いを見せた。

実の母親が病気だというのに冷たすぎるのではないか？　と陰口を叩かれ、それが実際に自分の耳に入ることもあったけれど、それよりも母の心を守る方が大切だ。

『クー、お前のことだからお義母《かあ》様を気に病ませないようにと我慢してるのだろう？　私はお前の兄だ。兄弟の仲に遠慮などいらない。いくらでも弱音を吐いていいんだよ』

他の者は欺《あざむ》けても、兄だけはクーの考えに気付いていた。

兄は大好きだし、本当なら気持ちを打ち明けたかった。でも兄は現在跡取りとして寝る間も惜しむほどに厳しい勉強を受けている真っ最中だ。大好きな兄に嘘《うそ》を吐くのは心苦しいけれど、余計な負担などかけたくないからと、兄の前でも平気である素振りをすることに決めた。でも、どうしても心が負けてしまう日もあって、どうしたらいいのか悩んでいた。そんな時に偶然見つけたのがこの湖だったそうだ。どうしても気にしていない素振りができない時、クーは自宅をこっそり抜け出し、この湖を見ながら気持ちの整理を付けていたらしい。

彼の気持ちが痛いほどにわかる。胸が苦しくて、また涙がボロボロこぼれた。

「やっぱり悲しい気持ちにさせちゃったね。ごめん」

リーゼは笑顔を作って涙を拭おうと差し出したクーの手を握り、首を左右に振った。

「謝らないで！　私、クーが我慢して笑っている方が悲しいわ。私、あなたが本当は辛い気持ちを抱えてるってこと、誰にも言わない。どんなことがあっても絶対に言わないって約束するわ。だから私の前では演技しないで……！」

クーは必死に訴えかけるリーゼの小さな手をギュッと握り返すと、口元を柔らかく綻ばせた。作った笑顔とは違う。本当の気持ちが表れた笑顔だ。

「うん、わかった。約束する。約束するから、リーゼもそうしてくれる？」

「いいの？」

「うん、俺もリーゼが我慢して笑ってる方が悲しいから」

二人は手を握り、身を寄せ合う。

「リーゼの手って、温かいね。少しこうしていていい？　暑い、かな？」

「暑いけど、まだこうしていたいわ」

お互い顔を見合わせ、どちらからともなく笑みを浮かべる。どうしてだろう。こうしていると、いつか失くした何かを取り戻したような気がしてきて落ち着く。

クーって、不思議な人……。

「私のお母様は亡くなってしまったけれど、あなたのお母様はきっと大丈夫……私、クーのお母様のお加減がよくなるよう、毎日お祈りするわね」

「うん、ありがとう。リーゼがお祈りしてくれるなら、大丈夫な気がしてきた」

神様、お願いします。クーのお母様の病気を治してください……。

そう祈りを込めて、二人は湖にいくつも石を沈めていく。

「クーはいつからこの湖に来ているの？」

「今年の春先からだよ。そういえばリーゼはこの辺に住んでいるの？」

「ええ、この近くにはうちの別荘があるの。普段は王都に住んでるのだけど、夏だけはこの近くの別荘で過ごしているのよ」

「ああ、そうなんだ。そっか、だから今まで一度も会ったことがなかったんだね」

もうすぐ夕方——そろそろ別荘に戻らなくては……。

クーと出会ってからかなり時間が経っているはずなのに、数分しか経っていないように思えるほど短く感じる。もうさよならしないといけないなんて寂しい。

「じゃあ夏の間はここに来ればリーゼに会える？」

「えっ！　来てくれるの⁉　お母様に付いていなくて平気？」

「お母様に会える時間は決められているから大丈夫」

自由に会うことができない……ということは伝染病か何かだろうかと思ったけれど、自由に会うことができないのは、母が病気になる前からなのだそうだ。それが彼の家の方針で、今日までそれが普通だと思っていたらしい。

クーのお家はとても厳しいのね……。

「会いに来たら、迷惑……かな？」

リーゼはすぐさま首を左右に振り、身を乗り出す。

「迷惑なんかじゃないわっ！　会いたいっ！　私、もっとクーと会ってお話したいわ！　だから会いに来てくれたらすごく嬉《うれ》しいっ！」

リーゼのあまりの勢いに驚いたのかクーは目を丸くし、やがて嬉しそうに微笑んだ。

「うん、俺も会ってくれたら嬉しい」

こうして二人は夏の間を一緒に過ごすこととなった。毎日クーの母の病気が良くなるようお祈りしていたけれど願いは叶《かな》わず、夏の終わり——残念なことに彼女は息を引き取ってしまった。涙を流すリーゼを見ると、クーも静かに涙を流した。

「クー、ごめんなさい……私が泣いてちゃいけないのに……」

必死に涙を止めようとしても、クーの気持ちを考えると、息ができなくなりそうなほど胸が痛くて、苦しくて、止まらない。

「ううん、大丈夫。リーゼが泣いてくれたから、俺も泣くことができたよ。リーゼの顔見るまで、涙が一滴も出なくて……人前じゃなければ涙が出てくるかと思ったけど、全然出てこなくて……」

「クー……」

「何も気にしてない演技をしてるうちに、周りの人間に言われた通り本当に冷たい人間になってしまったんじゃないかって思って……」

リーゼは声を震わせながら涙を流すクーを抱きしめ、彼がそうしてくれたように背中を擦る。

「クーは冷たい人間なんかじゃない！　誰よりも優しい人だわ！」

クーは自分だって大変なのに、リーゼを泣かせてくれた。抱きしめられたい立場でありながら、優しく抱きしめて涙を拭ってくれた。

クーと出会ってまだ少ししか経っていないし、まだまだ知らないこともたくさんある。だけどこれだけはわかる。彼は冷たい人間なんかじゃない。とても優しい人だ。

「ありがとう、リーゼ」

リーゼは首を左右に振って、クーを強く抱きしめた。彼の辛さが少しでも楽になりますようにと願いを込めて、リーゼはその背中をさすり続けた。

「すぐに泣きやめなくてごめん……男なのに、こんな……情けない……」

「男の子も女の子も関係ないわ！　男の子が泣いちゃいけないなら、男の子なんてやめていいわ！」

思わず熱弁すると、クーがクスクス笑い出す。

「あはっ……やめようとしてやめられるものじゃ……あはっ……あははっ……」

クーはリーゼから身体を離すと、お腹《なか》を抱えて笑い出す。

「え？　あ、あの、クー？」

どうして笑うのだろう。しばらくするとクーは涙を拭って、何度か深呼吸を繰り返して顔を上げる。

「ありがとう、リーゼ」

顔を上げてそう言った彼の表情は先ほどとは違って、晴れ晴れとしていた。海のように美しい瞳は濡れているけれど、もう新しい涙は出ていない。

「クー、大丈夫？　男の子だからって、無理して泣きたいのを我慢しなくてていいのよ？」

「うん、しばらくは思い出して悲しくなることはあるかもしれないけれど、きっと大丈夫だ」

顔に付いた涙をハンカチで拭いてあげると、クーはその手を握って自分の頬《ほお》に押し当てる。ハンカチ越しに彼の温もりが伝わってきて、心臓がとくんと跳ねたのがわかった。

「リーゼが慰めてくれたおかげだよ。ありがとう。こうして泣かなかったら、いつまでも辛いままだったと思う」

一人で隠れて泣いた時と誰かに涙を受け止めて貰った時ではまるで違う。クーに慰めて貰った時、冷え切った心を優しく温めて貰えた気がした。彼もそんな風に感じてくれているだろうか。

こうして彼と出会った夏が終わり、翌年の夏を迎えた。去年の夏よりもうんと背が伸びた。これでもうクーに年下だと思った、だなんて言われないだろう。

でも、彼はまた来てくれるだろうか……。

あの湖には悲しい時に来ていると言っていた。母が亡くなってしまった今、あの湖に来る理由はもうない。胸がぎゅぅっと締め付けられて、苦しくなる。夏以外の季節も、ずっとそのことを考えていた。

早くクーに会いたいな。でも、もう来てくれないかも……ううん、来ているかもしれないわ。

そんなことばかりを考えて、一年を過ごしてきた。リーゼは別荘に着いてすぐ、荷解きもせずに湖へ向かった。

湖までの道のり――だんだんと早足になって、気が付けば走っていた。走らなくてもすぐに着く距離なのに、一分一秒でも惜しい。待ちきれない。息を切らしながら辿《たど》り着《つ》くと、照りつけるような日差しの中に、太陽に負けないぐらい輝く黄金色の髪の少年の後ろ姿が見える。

その姿を見た瞬間、嬉しいのに涙が出てきそうになった。

「クー！」

名前を呼ばれて振り向いた彼は、一年前より大人びた顔立ちをしていた。

「リーゼ、久しぶりだね」

去年よりも少し低い声になっている。すぐに駆け寄ると、成長していたのは顔立ちだけではなくて身長や手足もなのだと気付く。

一年前は少し見上げるだけで目があったのに、今ではうんと見上げないと目が合わない。

「どうしてここに？　また悲しいことがあったの？」

「ううん、ないよ。リーゼに会いたいから、また会えたらいいなって思って来たんだ」

リーゼは嬉しさのあまり、クーの手を両手で握った。手も成長したのか、去年よりも大きく感じる。

「私も会いたかったの！　また会えて嬉しいっ！　来てくれてありがとう！」

リーゼが満面の笑みを浮かべると、クーは少し照れくさそうな顔をして優しく微笑んでくれた。

「すごく背が伸びたのね！　それに声も低くなって、少し大人っぽくなったみたいだわ」

「そうかな？　リーゼはあんまり変わってないね」

「ええっ⁉　クーと比べたら成長してないかもしれないけど、これでもちょっとは背が伸びたのよ？」

思わず頬を膨らませて怒ると、クーがクスクス笑い出す。

「ごめん、嘘だよ。身長も伸びたけど、大人っぽくなってすごく綺麗になったよ」

男の子にそんなことを言われるなんて初めてのことで、リーゼは顔を真っ赤にして何も言えなくなってしまう。

「俯《うつむ》いちゃってどうしたの？」

顔を覗《のぞ》き込《こ》まれるとますます顔が熱くなる。

「ク、クー、からかわないで……」

「からかってなんていないよ。本当に思ったからそう言っただけ」

高熱を出したみたいに顔が熱くて、どうしていいかわからなくなる。何も言えず瞳をぱちぱち瞬かせていると、クーがまたクスクス笑う。リーゼが照れているのに気付いたのだろう。

恥ずかしくて、照れくさくて、……でも、嬉しい。

クーといると心の中がポカポカして、わくわくして、どきどきする。こんな気持ちになるのは、生まれて初めてのことだ。もっと彼と一緒に居たい。もっとクーと話したい。もっと、もっと……。

「ねぇ、クー……毎年ここで会える？」

「うん、来るよ」

「本当に⁉　ありがとうっ！」

もしお互いの自宅が近いのなら、他の季節も会いたいとお願いしたけれど家庭の事情があり、自宅の場所を教えることもできないし、ここでしか会うことができないのだそうだ。

詳しく聞こうとするとクーが困った顔をするので、きっと余程の事情を抱えているのだろう。彼のことはもっと知りたいけれど、困らせたくないし、悲しませたくない。夏に会えるだけでも贅沢《ぜいたく》な話なのだ。欲張りになってはいけない。

十一歳、十二歳、十三歳と年齢を重ねていくたび、クーとの夏の思い出が増えていく。リーゼは四六時中彼のことばかりを考えるようになっていて、夏以外の季節は『早く夏にならないかしら』と独り言を繰り返すようになっていた。胸の中に芽生えた気持ちはどんどん大きくなっていって、彼のことを思うと心がポカポカして、でも切なくなる。

それが恋だと気付いたのは、十四歳の時。夏を目前にしたある日のことだった。

「私ね、あの人のことが好きみたいなの」

それは親友のクロエの告白だった。後に夫となるモラン公爵に恋をしているという話を聞いているうちに、あれ？　自分がクーに感じている気持ちと似ている……というか同じだと気付いたのだ。

「リーゼ、久しぶりだね。今年も会えて嬉しいよ」

「え、ええっ！　クー、久しぶりね。私も会いたかったわ」

クーが好き……。

そう意識すると、気恥ずかしくてクーの顔がまともに見られなくなる。でもじっくり見たいという気持ちもあって――リーゼは彼が自分から視線を離した隙を見て、成長した彼の姿を眺める。少年から青年へ成長しようとしている彼の美しさはとても繊細で、けして触れてはいけない芸術作品のようだ。

「そうだ。さっきうさぎの親子を見つけたよ。まだこの近くにいるんじゃないかな？　見に行こうか。この木の向こうに……痛っ！」

木の下を通り抜けようとした時、枝がクーの額にぶつかった。

「クー！　大丈夫⁉」

「痛たた、これくらいの高さなら通り抜けられると思ったんだけど、計算違いだった……」

クーに当たって跳ね返った枝は、反動で逆側に折れてしまっている。相当痛いのだろう。彼は涙目になりながら、額を手で押さえている。

以前のクーなら余裕で通り抜けられたかもしれないけれど、今のクーでは明らかに無理だ。

今の背の高さに慣れる前に成長していくものだから、まだ感覚が掴めていないのだろう。

「ぶつけたところを見せて？　怪我《けが》していないといいけれど……」

クーは前髪を避けると腰をかがめ、顔の位置をリーゼの目線に合わせた。

視線が合うと更にどきどきしてしまって、クーに心臓の音が聞こえていないか不安になる。

どきどきしちゃ駄目！　額に集中っ！　集中……っ！

クーの額は少し赤くなっているものの、傷にはなっていないようだ。

「どうかな？」

「傷は付いていないみたい。少し赤くなってるけど、もう少ししたら引くんじゃないかしら。痛む？」

「いや、ちょっと大丈夫。少しヒリヒリするだけ。格好悪いところ見せちゃったな……」

そう言って気恥ずかしそうに笑うクーを見ると、胸がきゅんとする。

そんなことないわっ！　むしろ格好良すぎて困るくらいよっ！　まともに顔が見られないもの！

……とは言えず、顔を逸《そ》らしながら「そんなことないわ」と短く答えた。

ああ、どうしよう。好きだと気付いたものの、これからどうしたらいいのだろう。クロエはモラン公爵にいつか好きだと告白すると言っていたけれど……。

「あれ、うさぎいないな。さっき俺が騒いだから、逃げちゃったのかも。ごめん、リーゼ」

「う、ううん、いいのっ！」

目が合うだけでも心臓が騒ぎ出してどうにかなりそうなのだ。これじゃ告白なんてできるわけがない。それにこの想《おも》いが報われるとは到底思えない。クーは魅力に溢れた人だけれど、リーゼは自分の魅力を全く見つけることができない。少し背が伸びたとはいえ同世代の女の子に比べると小さいし、胸だって「一体いつ大きくなるの？」と自分で聞きたくなるほどぺたんこだ。顔付きだって平凡で、髪色や瞳だって世間一般で美しいと言われているものではない。

振られた時のことを想像すると、息ができなくなりそうなほど苦しくなる。それを機に気まずくなって、クーが来てくれない可能性だってある。

クーと恋人になれたら嬉しいけれど、そんなの夢のまた夢……。

夏だけの特別な時間――彼と会えるだけで贅沢で幸せな時間なのだ。こうして悩んでいるなんて勿体《もったい》ない。関係を進展させたいなんて贅沢を考えずに、今を楽しもう！

そう思うのに自分の感情に気付いてしまったら、今まで通りの態度でクーに接することができなくなってしまった。目が合えばあからさまに視線を逸らし、近付きすぎると心臓が破裂しそうになるから距離を取る……などと、誰が見ても不自然な態度だ。

こうしていつもとは少しだけ違う夏を重ね、そろそろ終わりが近付いてきた。

「大分涼しくなってきたね。今年の夏も、もうすぐ終わりだ」

湖のほとりで二人並んで座り、穏やかな水面を眺めながら他愛《たあい》のない話を続ける。

自然に振る舞わなければ思うほどに、いつもどんな態度を取っていたかわからなくなって、結局は気まずいまま夏の終わりを目前にしていた。

「もっと夏が長ければいいのに……」

母が存命だった頃、楽しい夏が終わってしまうのが寂しくてそう思っていたけれど、亡くなってからは悲しいことばかりで、早く終わってしまえばいいといつも思っていた。でもクーと出会ってからは夏が楽しみになった。

「ねぇ、リーゼ。今すぐ……とはいかないんだけど、夏だけじゃなくて、他の季節にも会えるようにできるかもしれない」

「えっ！　本当に⁉　でも、お家の事情は？」

「うん、ある。だからその事情を少しずつ乗り越えていかなくちゃいけなくて、それにはリーゼの気持ちが必要というか……」

気持ち？　何か手伝えることがあるのだろうか。クーにいつでも会えるのなら、どんなことだって頑張れそうだ。

「わかったわ。私に手伝えることなら、なんでもするから言ってね」

そう返事をすると、クーが複雑そうな表情をする。まともに彼の顔を見ることができないリーゼは、その表情にも、頬がほんのり赤く染まっていることにも気付いていない。

「手伝える……というか、リーゼの気持ちが大事……というか、うん……」

途中で投げ出すと思われているのだろうか。

「大丈夫よ。私、途中で投げ出すような無責任なことはしないわっ！」

「あ、違うんだ。疑っているわけじゃなくて、その……と、とにかく、今すぐじゃなくてその……俺の勇気が出てからってことで、いいかな？」

きっと家庭の事情があって、行動するのに勇気が必要なのだろう。

いつか夏だけではなく、他の季節もクーと会うことができる。ああ、なんて素敵なのだろう。

母が亡くなってからというもの、全ての季節から色がなくなったみたいに感じた。

色とりどりの花が咲く春ですらそう見えた。けれどクーと出会ってからまずは夏に色が戻って、彼との思い出を胸に抱いて迎えた他の季節も鮮やかに色付いた。

可愛い花たちがたくさん咲く春、木々を黄金色に彩る秋、空気が透明に感じる冬——夏以外の季節をクーと過ごすことができたら、どんなふうに感じるだろうと今まで何度も想像した。

嬉しくていてもたってもいられない。幼い頃ロザリーとよくやっていたように、その場でクーの手を取ってくるくる回りたい気分だ。

「ええ、もちろんだわ！　頑張ってね、クー！　私、とっても楽しみだわ」

笑顔でそう言ったら、クーが黙ってしまう。

「本当にそう思ってくれてる？」

クーの不安な声音に驚いてずっと見ないようにしていた彼の顔を見ると、とても不安そうな表情をしていた。

「どういうこと？」

「最近あんまり目を合わせてくれないし、態度も変だから嫌われたのかもしれないってずっと思っていて……」

「……っ……そ、それは……」

リーゼの挙動不審な態度は、クーもやはり変だと思っていたようだ。それどころか傷付けてしまっている。

「俺、もしかしたらリーゼの気に障るようなことを何かしちゃったかな？」

「ち、違うの！　誤解させてごめんなさい。あの態度はその……」

好きだから、意識しちゃっただけなの！

なんて正直に言えるはずもなく、リーゼは理由は言えないけれど、とにかく違うと必死に否定した。そんな弁解で納得するはずもなく、クーは不安そうな表情のままだ。

話を変えなければ……。

「あ、あのね、今年は少し早く自宅へ戻ることになって、明後日までしかいられないの。寂しいけど、いつかは毎年会えるようになるんだものね！　我慢しなくちゃっ！　あっ……」

〝寂しい〟毎年口にしている言葉なのに、自分の気持ちに気付いた途端、告白めいた言葉を口にしたように感じて恥ずかしくなってしまう。

「あっ……ち、違うの。寂しいってあの、そういうことじゃなくてその……」

「寂しくないってこと？」

「違っ……」

初恋はリーゼをすっかり自意識過剰にさせ、取り繕う必要のないことまでそうしてしまう。

結果は当然失敗だ。クーをますます困惑させているようだ。

「リーゼ、やっぱり俺のことが嫌い……かな？」

ああ、ますます誤解させてしまった。

リーゼはすぐさま首を左右に振り、そんなことないと否定しようとしたその時――虫の羽音が聞こえた。髪の甘い香りを花の香りだと勘違いしたらしい。いつの間にか蜜蜂がリーゼに近寄ってきていたようだ。

「きゃあっ!?」

その羽音が蜂のモノだと気付いたリーゼは、大きな悲鳴を上げた。

「リーゼ、落ち着いて。蜜蜂だから、大人しくしていれば刺さないよ。大丈夫」

「嫌っ！　来ないで……っ！」

混乱しているせいでクーの声がまるで耳に入ってこない。

とにかく蜂から距離を取ろうと立ち上がり、周りを全く見ないで走り出す。リーゼは虫が大の苦手で、図鑑ですら直視できない。虫を見つけた時には、どうしてもこのように大騒ぎしてしまうのだ。落ちていた木の枝に躓《つまず》いてしまい、背中から倒れてしまいそうになると、クーは咄嗟《とっさ》に宙を舞ったリーゼの手をしっかり掴み、自分の方へ引き寄せてくれた。

リーゼの手を掴《つか》んだクーの手は、以前より大きくなっていて、ゴツゴツと骨ばった男性の手をしていた。蜂はもう居なくなったというのに心臓の高鳴りが収まらない。いや、むしろ先ほどよりもドキドキしている。

「大丈夫。もういないから安心して」

「騒いでごめんなさい。私、虫が苦手で……」

もう触れられていないのに、クーに掴まれた手がとても熱い。

「ううん、急に蜂が近寄ってきたら、誰だって驚いて当然だよ」

でもクーは少しも驚いている様子はなかったし、蜜蜂だと判断できるほど冷静だった。リーゼが気にしないようにそう言ってくれているのだろう。

こういう優しいところも好き……。

改めて自分の気持ちを認識すると、ただでさえ激しく脈打っている心臓がもっと早くなってしまう。

「クーが居てくれてよかった。ありがとう」

少し冷静さを取り戻してお礼を言うと、クーとの距離が近すぎることに気付く。慌てて離れようとすると、再び手を掴まれた。

「ごめん、リーゼ……俺、もう我慢できそうにない」

何が我慢できないのだろう。

「どうしたの？」

「……嫌だったら、突き飛ばして」

クーはその手を引き寄せ、腰に手を添えてリーゼを抱き寄せた。心臓が大きく跳ね上がり、何が起きているかわからずに頭の中が真っ白になる。抱きしめられたと気付くまで、時間はかからなかった。

どうして私、抱きしめられているの……？

前に抱きしめてもらった時は、リーゼが泣きじゃくっていた時だ。でも今は泣いていない。抱きしめられる理由がわからないリーゼは混乱して、目を見開いたまま動くことができない。抱きしめられる理由はわからないけれど、抱きしめて貰えるのは気恥ずかしいけれど嬉しくて……。

クーがそうしてくれるように、リーゼも彼の背中に手を回してぎゅぅっと抱き付きたいと思ったその時、彼のいい香りを強く感じる。昔から彼から香る少し甘くて、優しい匂いが大好きだった。

待って、私は……!?

夏の初めに比べたら大分涼しくなったとはいえ、まだ暑い。ただでさえドレスの下はしっとり汗ばんでいるというのに、蜂を見て逃げ出して走ったばかりでなおのこと汗をかいてしまった。

いい匂いなんて絶対するはずがない。むしろ汗臭いかもしれない。リーゼにクーの香りが伝わっているということは、彼にも伝わっているはずだ。

汗臭い子なんて思われたくない……っ！

「嫌っ……！」

とにかく早く離れなくてはと頭が真っ白になって、気が付いたらクーの胸を思いきり押していた。

今までに見たことがないくらい悲しげな表情をする彼に、リーゼは我を取り戻す。

どんな理由があったって、突き飛ばして離れようとするなんて最低だわ……！

「クー、ごめんなさい。私……っ」

「いや、俺の方こそごめん。リーゼの気持ちがわかってよかったよ。最近、リーゼの様子がおかしかったのも納得した」

「え？　私の気持ちって……」

クーは「今日は用事を思い出したから少し早いけど帰るよ」と言って話を途中で切り上げ、去って行った。

『……嫌だったら、突き飛ばして』

彼が帰った後、抱きしめられる直前にクーに伝えられた言葉をようやく思い出した。

私の気持ちがわかってよかったって、そういうことだったの……⁉

「わ、私、なんてことを……」

理由もなく異性を抱きしめるなんて、好意を持っていなければありえない。リーゼがクーを好きなように、クーもリーゼを好きになってくれていたのだろう。

翌日、リーゼは朝食も取らずに、湖へと急いだ。クーが来るのはいつもお昼を過ぎてからだけど、居ても経ってもいられなかった。それに昨日彼は去り際に、『じゃあね』と言った。いつもなら『また明日ね』と言ってくれるのに。

胸騒ぎがする――。

早くクーに謝りたい。早く……早く……！

でもクーはお昼を過ぎても、夕方になっても、来なかった。

翌日、別荘を発《た》つ直前まで湖にいたけれど彼は来なかった。すぐに謝りにいきたい。でも、彼がどこに住んでいるか、それどころか本名も知らないリーゼは、偶然どこかですれ違うことはないだろうかという可能性にかけて、出かけるたびに彼と同じ髪色の少年がいないか注意深く探したけれど、彼を見つけることは叶わなかった。クーが来なかったのは、急に用事が入ったからかもしれない。そう、きっとそうだ。……そう考えないと、心がどうにかなりそうだった。

そうしてまた一年を過ごし、翌年の夏——毎日湖に足を運んだけれど、クーはやはり姿を現さなかった。

ああ、なんてことをしてしまったのだろう。

胸が苦しい。痛い。張り裂けてしまいそう……。でも、クーの方がずっとずっと苦しくて辛い思いをした。リーゼは大粒の涙を流し、自身の愚かさを悔やんだ。どんなに泣いても、どんなに悔やんでも、時間は巻き戻すことができない。

クー、ごめんなさい……。

クーに再会できないまま十六歳になったリーゼは、社交界にデビューすることとなった。

幼い頃、綺麗《きれい》なドレスに身を包んで父と一緒に舞踏会へ行く母が羨ましくて、いつか大人になって社交界に出ることを夢見ていた。煌《きら》びやかなドレスに身を包み、ようやく王宮の舞踏会に足を踏み入れることを許されたというのに、リーゼの心は暗く沈んでいた。

クーに恋をしていた時は何もかもが美しく見えて、キラキラ輝いているように感じたのに、今は全て霧がかかったように曇ったように見える。

素敵なドレスや宝石を用意して下さったお父様には申し訳ないけれど、とても華やかな場所にいる気分じゃないし、早く帰りたいわ……。

我儘《わがまま》を通して本当に途中で帰っては、『ペルラン伯爵家の娘は、社交界デビューすらろくに果たせない駄目な娘だ』などと陰口を叩《たた》かれ、家名に泥を塗りかねない。ダンスや挨拶など必要最低限のことだけは済ませなくてはと想っていると、一緒に来ていた父から「具合が悪いのか？」と声をかけられた。

「そんなことないわ。どうして？」

「ずっと俯いているから、気分が悪いのかと思ったぞ」

そう言えば、さっきから視界に入るのは自分のドレスの裾ばかりだ。気持ちが下へ向かっているからか、無意識のうちに視線まで落ちていたらしい。

ちゃんと前を向かないと……。

顔を上げると、遠くに見事な金髪をした青年の後ろ姿を見つけた。たくさんの人がいるというのに、クーの姿を探すのが癖になっているらしい。

――どうしてかしら……。

青年の後ろ姿から、なぜか目が離せない。絹糸のように美しい金色の髪、均整のとれた完璧な体躯《たいく》、彼を見ていると心臓の音がどんどん早くなっていく。心臓がこうして騒ぐのは、二年ぶりだ。どんな男性と出会う機会があっても、クー以外の男性には心が揺り動かされることなどなかった。それなのにどうして？　なぜ目の前の青年を見ていると胸が騒ぐのだろう。

まさか――いや、そんなはずはない。でも、希望が生まれてしまう。

お願い、こちらを見て。いえ、後ろを向いたままでいて。まだ目の前にいる彼が愛《いと》おしいあの人なのだと夢を見ていたい。

相反する思いが頭の中でぐるぐる回っている。すると後ろで、ガシャンとガラスの割れる音が聞こえた。どうやら誰かが誤ってグラスを落としてしまったらしい。

皆が驚いてそちらへ注目する。そして青年も――。

あ、こちらを向くわ……。

振り向くほんのわずかな時間が、とてもゆっくりに感じた。青年の顔を見た瞬間、心臓が胸から飛び出してしまいそうなほど大きく跳ね上がる。

「う、嘘……」

他人の空似？　いや、でもそんなことありえない……。

「リーゼ、どうかしたか？」

混乱して、つい声に出してしまった。父が不思議そうに目を丸くしたリーゼの顔を覗き込む。

「お、お父様、あの金の髪の方は……」

「金髪？　ああ、エルヴェ様とクロード王子がどうかしたのか？」

クロード王子？　クーじゃないの……？

パイライト国第二王子、クロード・ラクルテル。年齢は確かリーゼやクーと同じ十六歳。髪色や瞳の色は家庭教師から授業の一環で聞いて知っていたけれど、こうして実際に見るのは初めてだ。やはり他人の空似だろうか。いや、でもクロード王子とクーは、境遇が似過ぎている。

王の第二夫人の子で、第二夫人はクーの母と同じ年に亡くなっていた。それに腹違いの兄が一人……クロード王子にも腹違いの兄がいる。

クーとの会話を思い出す。

子供だった頃のリーゼは、何か手続きを踏めば、一人でも何人もの妻を持つことが認められるかもしれないと考えたが、大人になってからはそんな手続きなどないことを知った。

こっそり不倫をしている夫婦、不倫を容認している夫婦、各夫婦によって色々事情を抱えている夫婦もいるのだと知り、クーの両親もそうなのかもしれないとぼんやり考えていたけれど例外が一つだけあった。それは王族の場合だ。王は側室を持つことが許されている。

愛人を持つことが許されているとクーが言っていたのは、彼の父が王だったから？　素性《すじよう》を明かせなかったのは、彼が王子だったから？

クロードと話がしたい。直接話して、彼がリーゼの知っているクーなのか確かめたい。でも自ら王子に声をかけるなんて、許されない。

どうしたら話せるかしら……。

華麗にダンスを踊る紳士淑女が目に入る。そうだ。彼とダンスを踊ることができたら……！

「クロード王子、素敵だわ。今日も誰とも踊らないつもりなのかしら」

「どうして誰とも踊って下さらないのかしら……」

周りの淑女たちがクロードを羨望の眼差《まなざ》しで見つめながら、諦めたようにため息を吐く。

「……今夜もクロード王子は誰とも踊られないのか」

父の耳にも淑女たちの会話が届いていたようだ。

「今夜も？」

理由はわからないが、クロード王子は今まで誰とも踊ったことがないそうだ。どうしてだろう。でも、直接話せる可能性は消えた。いや、ホールにはたくさんの淑女がいるのだから、そもそもリーゼがダンスに誘ってもらえるはずがない。彼の姿を目で追っていると、あまりにも見つめすぎていたせいだろうか。海のように美しい色をした瞳が、リーゼの姿を映した。

心臓が大きく跳ね上がる。ほんの一瞬だったけれど、クロードが驚愕《きょうがく》したように目を見開いたのをリーゼは見逃さなかった。何の面識もないのなら、こんな表情にはならないはずだ。

やっぱり、クーなのね……！

ああ、ようやく会えた。感極まって泣きそうになったリーゼは口元を押さえ、涙をこぼさないよう必死に堪える。するとクロードは何か諦めたような表情をして、リーゼからあからさまに視線を逸らした。

「ごめん、少し疲れているみたいだ。今夜は早めに下がらせて貰うよ」

クロードは先ほど受け取ったばかりのワイングラスを使用人に下げ、ホールを後にした。

目を逸らされた……？

先ほどとは別の意味で泣きそうになる。やはり二年前、リーゼはクロードを傷付け、嫌われてしまったのだ。泣きそうになりながらも、それでも直接謝りたいと強く思う。嫌われたままは嫌だけど、それでもいいから、自分はクロードを嫌ってなどいない。抱きしめられた時、嬉しかったと伝えたい。

それはリーゼの自己満足なのかもしれない。でも、彼に対する真《ま》っ直《す》ぐな思いを誤解されたままでいたくなかった。

それからリーゼは積極的に社交界へ顔を出すようになった。クロードと何度か目が合う機会があったけれど、彼は全てあからさまに視線を逸らすことを続ける。

どうやったら彼と二人きりになれるだろう……。

そう頭を悩ませていた矢先のこと——リーゼは遊び人だという噂《うわさ》が、社交界に出回るようになった。原因は妹のロザリーだ。煌びやかに自身を飾り、社交界デビューをした姉を羨ましく思い、自身もこっそり着飾って社交界へ足を運び、そこでリーゼの名を騙り、本能の赴くまま情事を楽しむことを続けたため、噂が生まれたのだった。

「清純そうな顔をしているのに、意外だわ。汚らわしい……」

「また昨日も男性を誘い込んでいたらしいわよ。娼婦の生まれ変わりなんじゃない？」

噂好きの貴族たちの間で、リーゼの話は瞬く間に広まった。

もしかしたら、クロードの耳にも入っているかもしれない。知られたら嫌われるどころか、間違いなく軽蔑される。謝りたい。でも、クロードと目を合わせるのが怖い。目を逸らされるどころか、軽蔑の眼差しを向けられるかもしれない。

怖い……！

それからというものリーゼは積極的に足を運んでいた社交界から遠ざかり、必要最低限だけしか顔を出さないようにした。そしてその時にはクロードと目が合わないように、偶然どこかで鉢合わせにならないよう徹底して避けるようになったのだった。

◆◇◆

ある日の午後――ペルラン伯爵家のサロン内に、ガチャンとティーカップの割れる音が響いた。

「クロエ、大丈夫⁉　怪我はしていない？」

ティーカップを割ったのは、久しぶりにリーゼとお茶を楽しもうとやってきたクロエだった。

「大丈夫……ごめんなさい。動揺しちゃって……」

割れたカップの後始末を終えたメイドが下がったのを見計らって、クロエが「今の話は本当なの？」と尋ねてきた。

「ええ、お父様が、こんないいお話はもうないだろうからって、すぐに決めてしまったの」

つい数日前、リーゼの嫁ぎ先が決まった。相手の男性はオクレール公爵家の当主であるクレマンだ。リーゼより二十歳も年上で、つい先日女性問題で妻と離婚となり、後妻を探しているらしい。男遊びが盛んだという噂が広まってからというもの、ペルラン伯爵家と同等、もしくはそれより上の家柄からの縁談はパタリと来なくなった。そんな中のオクレール公爵家からの話――もっと良い条件の家柄に……などと贅沢なことを言っていたら、行き遅れてしまうかもしれないからと焦った父は、リーゼに知らせず了承の返事を送り、婚約式までの日取りをまとめた上でようやく彼女に知らせたのだった。

「リーゼ、あなたはクー……いえ、クロード王子が好きなんでしょう？」

「ええ、好きよ。だから私ね……」

何年経っても、リーゼの胸の中にある思いは色あせることなどなかった。彼との楽しかった思い出を何度も何度も頭の中で思い返しては、深いため息を吐くことを繰り返している。

クー以外は、考えられない……。

リーゼは辺りを見回してサロンに誰も居ないか確かめ、念には念を入れて、クロエに耳を貸してもらう。

「私、一生独身でいるわ。クー以外の人なんて考えられないもの。だから家出して、修道院に身を寄せようと思うの」

それがリーゼの出した答えだった。クロエから身体を離すと、彼女は驚愕した様子で目を見開いていた。

「ほ、本気なの⁉　そんな勇気が出せるなら、どうしてクロード王子と向き合えないのよ！」

これから自分にどんな運命が待ち受けているのだろう。不安や恐怖がないとは正直言えない。でも、クロードに軽蔑の眼差しを向けられることの方がもっと怖い。

「クロード王子に謝らなくていいの？」

「……謝りたいわ。修道院に行く前に、今度こそクーに謝ろうって考えたの。でも私、それは自己満足なんじゃないかって思い始めてきて……」

「どういうこと？」

「クーに謝ることで、彼に酷《ひど》いことをしたっていう自分の中にある罪悪感を取り去りたいんじゃないかって。それって彼にとってはいい迷惑なんじゃないかしら……」

寒い――温かい紅茶が入ったカップをそっと手で包み込んでも、指先だけ温まるだけで身体の芯までは温まらない。するとクロエがリーゼをふわりと抱きしめてくれた。

「大丈夫よ。私の親友は、そんな打算的なことを考える子じゃないわ」

芯まで冷え切った身体が、クロエの温《ぬく》もりで温まっていくのを感じる。

「確かにあなたの言う通り、今さら謝られたって迷惑だって考える人もいるかもしれないわ。でも謝られて心が軽くなる人だっているかもしれないじゃない！　……そうだわ。私のおじいさまのお話を聞いてくれる？」

クロエの祖父は青年時代、仲違《なかたが》いした友人がいたそうだ。

友人が祖父の大切にしていた懐中時計を誤って壊してしまい、そこから喧嘩に発展して絶縁に至った。それから五十年後——友人と偶然再会した際、『あの時は申し訳なかった』と謝罪され、それからまた友人関係を紡ぐようになったそうだ。

「おじいさま、謝ってもらえて嬉しかったって言っていたわ。五十年間心に引っかかっていたわ。何かが溶けてなくなったみたいだって……。クロード王子だって、どう感じるかはわからない人よ？　人の心はみんなそれぞれ違って、複雑で繊細なものだもの。それに私の親友が好きになった人よ？　悪いふうには思わないんじゃないかしら。私はリーゼがどんな道を選んでも応援するし、協力するわ。一人ぼっちじゃないんだってことだけは忘れないでね」

温もりと一緒に、勇気まで貰えた気がした。

「ありがとう、クロエ……」

修道院へ行く前に、やっぱりクーに謝りたい——……！

第二章　意気地なしにさようなら

クロエとお茶会をした翌週、王宮で舞踏会が行われた。

「あのレディ・リーゼを妻に迎えるなんて、オクレール公爵も物好きね」

「でもオクレール公爵も女性関係が激しいでしょう？」

「あらやだ、お似合いじゃない」

リーゼの婚約の話はすでに社交界中に広まっていて、いつも以上に視線を感じて居心地が悪い。

いけない。委縮している場合じゃないわ！　クーと二人きりになる機会を見逃さないようにしないと……！

第二王子である彼の傍には、常に数名の護衛が付いている。けれど彼はそれが堅苦しいからか、護衛を下がらせて一人になってふらりとどこかへ行く時があることに気付いた。

リーゼは周りの人間に気付かれないように、舞踏会の間中クロードの動向を観察し続ける。

すると舞踏会が始まってから二時間ほどしてから、クロードが護衛を残してホールを出て行ったのが見えた。

今だわ……！

話しかけてくる男性たちを「化粧室へ行くので失礼」と交わし、ホールを後にした。

「あら……？」

すぐに追いかけたのに、クロードの姿がどこにも見当たらない。彼は足が長い分、リーゼよりも歩くのが速いのだろう。

どこへ行ったのかしら……。

クロードの姿を探して長い廊下を足早に進んでいると、曲がり角に差し掛かった。どちらに曲がるか迷っていると、「こんな所でどうしたのですか？」と声をかけられた。振り返ると、いつの間にか一人の青年が立っていた。先ほどダンスに誘われたけれど、化粧室へ行くからと交わした青年だった。随分飲んでいるのか、距離があるのに香水の香りに混じって酒の匂いがする。

「あ……いえ、私は……その、化粧室に……」

「ああ、気付いてよかった。せっかくの幸運を逃すところだった」

幸運？　何を言っているのかしら……。

「化粧室に行くというのは、人気のないところで情事を楽しもうという隠語のようなものなのでしょう？」

青年はニタリといやらしい笑みを浮かべ、じりじり近付いてくる。

「なっ……違います！　私は本当に化粧室へ行こうと……」

「ははっ！　またまた、ご冗談を……そういえばオクレール公爵とご婚約されるそうですね。今後は人妻か……それまた背徳的でそそられる」

クロードがどんどん遠退《とおの》いてしまうけれど、下心のある青年に見つかった今、このまま人気のない道を進んで行くのは危険だ。一度ホールへ戻った方がいいかもしれない。

「冗談などではありません。私、そんなつもりは全くありませんので、失礼します」

隙を見せないように毅然《きぜん》とした態度を見せ、ホールへ向かって足を進める。

「おや、今夜は気分がのらないのかな？」

青年はリーゼの手首を掴み、ホールへ戻ろうとするのを阻む。

「……っ……離してください……！」

手首を掴む手を振り払おうとしても、がっしり掴まれていて離れない。

「気分がのらないのなら、いくらでもその気にさせてあげますよ。さあ、もっと良い場所へ行きましょう」

青年は瞳をぎらつかせながら、ぺろりと舌なめずりしてリーゼをさらに人気のない場所へ連れていこうとする。

「い、嫌……離して……っ！」

身体が震えて、虫の羽音のように小さな声しか出ない。まずい。いつもなら誘われても、強く断れば引いてくれる男性がほとんどだ。中には無理強いをしてこようとした男性もいたけれど、なんとか逃げることができた。でも、それは本当に運が良かっただけだったのかもしれない。このままでは大変なことになってしまう。リーゼは崩れるようにその場に膝を突き、それ以上進まないように努める。

「おや、行きたくないのですか？」

「だ、だからそう言っているじゃないですか……！」

もういい加減諦めて……！

「……ということはこの場でしたいと？　なんて刺激的なおねだり！　さすが遊び人と名高いだけありますね」

何言ってるの⁉　何言ってるの⁉　何言ってるの——……っ⁉

あまりに斜め上過ぎる考えに、リーゼは開いた口が閉じられない。

「とても刺激的で、ぜひ……と言いたいところですが、ここでは誰かが通るかもしれない。私には嫉妬深い妻がいるので、人に見られるのはちょっと……」

妻がいるのにこんな真似《まね》を⁉　最低だわ……！

「あなたの期待に添えなくて申し訳ありませんが、その分たっぷり満足させて差し上げますよ。さあ、行きましょう」

話しているところを見られるのも不味《まず》いからと、青年はリーゼの手をぐいぐい引っ張り、一刻も早く人気のない所へ連れて行こうとする。

リーゼはその場で丸くうずくまり、必死の抵抗を続けた。身体を丸くしているから青年がどんな顔をしているかはわからないけれど、少し苛立っているというのは声音でわかる。

「あっ……」

青年は何かに驚いたらしい。びくっと身体を震わせるのが、掴まれた手首に伝わってきた。

何……？

驚いてすぐに、どんなに抵抗しても離して貰えなかった手首をあっさり解放される。恐る恐る顔を上げると、そこには青年に鋭い眼光を向けるクロードの姿があった。

「オーバン伯爵、こんな所で何をしていらっしゃるのですか？」

丁寧な言葉遣いに穏やかな口調ではあったけれど、表情や声で怒りを孕《はら》んでいるのがすぐに伝わってくる。彼のこんな表情や声を聞くのは初めてのことだ。

「こ、これは、その、ただ話をしていただけで……」

「あなたは女性と話をする時、女性をうずくまらせて手を引っ張りながらするのですか？」

「いや、それは、その……」

「……お答えいただけないのなら仕方がありませんね。今度直接奥方に訪ねてみることにしましょう」

クロードの登場により真っ青だった彼の顔が、さらに真っ青になる。

「も、も、申し訳ございません！　妻にだけはどうか言わないでください……！」

クロードは汚物でも見るような目で、涙目になりながら必死に懇願するオーバンを見下ろした。クロードの身長の方が高いので、なおのこと迫力がある。

「二度はない。いいな？」

もうオーバンは貧血で倒れてしまうのではないかと思うほど真っ青だ。彼は何度も頷き、足を縺《もつ》れさせながらホールへと逃げ去って行った。

クーが助けてくれるなんて……。

あんな酷いことをして傷付けたのに、見捨てないで助けてくれた。嬉しさと、介抱された安《あん》堵《ど》で涙が出てきそうになるのを必死で堪《こら》える。

「……立てる？」

「え？　え、ええ！　大丈夫……」

まだ足が震えていてよろよろしてしまったけれど、なんとか立ち上がることができた。クロードはリーゼが完全に立ち上がるのを見届けると、踵《きびす》を返してホールへ足を進める。どうやら戻る途中だったらしい。ああ、行ってしまう……。

「待って……っ！」

勇気を奮い立たせ、ようやくクロードに声をかけることができた。奮い立たせすぎて、勢い余ってしまったらしい。リーゼは逃げられないようにと、彼の手をしっかりと掴んでいた。

「……っ……どうかなさいましたか？」

丁寧な言葉遣い――言葉に壁を作られているみたいに感じる。

「助けてくださってありがとう……ございます」

怯《ひる》んでリーゼも丁寧な言葉遣いになってしまう。子供の頃、彼にそんな言葉遣いをしたことなんて一度もないのに。

「いえ、当然のことをしたまでなのでお気になさらず」

それはお前だから助けたわけではない。誰にだってそうしたのだと強調されているように聞こえる。

――卑屈になっては駄目！

「クー……」

幼い頃と同じように呼ぶと、クロードが一瞬動揺したのがわかった。表情には出ていないけれど、掴んでいた手がわずかに動いたのだ。

やっぱりクロード王子は、クーなんだわ。

「クーなのよね？　あの、私、あの時……っ」

謝罪の言葉を口にしようとしたその時――腰に手を添えられ、掴んでいた手をぐっと引かれた。

「きゃ……っ⁉」

よろけたリーゼは、クロードの胸に抱き寄せられてしまう。

「うん、そうだよ。わかっているからずっと俺のことを避けていたんでしょ？　それなのに急に追いかけてきてどうしたの？」

「ち、違……それは……」

いや、そうだ。遊び人だと蔑みの視線を向けられるのが怖くて避けていたのは事実——でも先に避けたのはクロードの方だった。

「違うって何が？　嫌いな俺と関わり合いたくないだろうと思って、俺も避けてたんだよ。それなのにどうして急に？」

「え……」

私のことが嫌いだからじゃなくて、私が嫌がると思って避けていたの……？

頭の中が、ぐちゃぐちゃだ。

「ああ、そういえば結婚するんだってね。結婚するから気持ちがおおらかになって、俺のしたことも許してくれる気になったとか？」

何からどう説明すればいいかわからないでいる上に、クロードがさらに質問を重ねていくのでますます混乱してしまう。

「クー、私……っ」

「悪いけど俺は、『おめでとう』なんて言ってあげられるほどできた人間じゃないんだ」

クロードは苦笑いを浮かべると、狼狽《ろうばい》するリーゼの唇を奪った。

「んぅ……っ⁉」

──一体、何が起きているの？

クロードは柔らかな唇や舌を使って、リーゼの唇を食《は》むように味わう。時折ちゅっと唇を吸われる音で、彼にキスされているのだとようやく気付いた。

嘘《うそ》！　クー、どうして……⁉

「……っ……ン……んんっ……」

舐《な》められて口紅がどんどん落ちているはずなのに、リーゼの唇はしっかりと口紅を塗った時と同じくらい……いや、それ以上に色付いていた。

何か言わなくてはと必死だったリーゼの唇はうっすら開いていて、クロードはすかさずその間に長い舌を潜り込ませる。

「ん⁉　んっ……んぅ……っ！」

咄嗟に舌を奥に引っ込め、歯を食いしばりそうになったところで、そんなことをしては彼の舌を噛《か》んでしまうことに気付いて止めた。

咥内《こうない》への侵入に成功した長い舌は、リーゼが混乱するのもお構いなしに動き出す。

歯茎や口蓋を舐められるとくすぐったくて、身悶《みもだ》えしてしまう。

身体を動かすたびに背中に添えられているクロードの指が食い込む。ドレスやコルセットをしているのに、彼の体温が伝わってくるのを感じる。

くすぐられているうちに、引っ込めていた舌が力がはいらなくなっていく。長い舌に舌先をツンと突かれると、口の中に入れたチョコレートのようにとろけるようだ。舌を絡められ、ヌルヌル擦られるとますますとろけて、舌がなくなったんじゃないかと思ってしまう。

ワインを飲んだ時みたいに頭がクラクラして、指先や足に力が入らない。彼が支えるのを止めたら、きっと膝から崩れ落ちるに違いない。

経験が全くないリーゼでもわかるほどの巧みな口付け——こんなキスができるようになるまで、彼は何度も誰かと口付けを重ねてきたのだろう。

胸が苦しい。クロードを突き離して傷付けたリーゼにはそんな資格なんてないのに、嫉妬の炎が胸を焦がす。

私、なんて嫌な女なの——……。

でも、巧みなキスを前にしては、何も考えられなくなってしまう。戸惑いや混乱すら舌と一緒にとろけて思考がぼやけていく。頭も、指先も、足も、瞼《まぶた》さえもとろけていくのにどうしてだろう。下腹部がすごく熱くて、どんどん感覚が強くなっていくのだ。

クロードは唇を離すと、リーゼの足に力が入らないのを見越してか、そのまま横抱きにしてどこかへ歩き出す。

「ひゃ……っ⁉」

い、一体どこへ行くつもりなの？

尋ねたいのに、キスの余韻で唇が上手《うま》く動いてくれない。長い廊下を歩いていると、真向いからメイドがやってきた。クロードとリーゼの姿を見て一瞬だけ驚愕した表情を見せながらもさっと廊下の隅に避けて頭を下げる。

「ああ、ちょうどよかった。彼女、少し気分が悪いみたいなんだ。休ませてあげたいんだけど……」

「かしこまりました」

リーゼは横抱きにされたまま、すぐに近くの部屋へ案内された。ベッドに寝かされそうになったけれど、リーゼは座らせてもらえるだけで大丈夫だと断る。

「歩けるようになるまで、休んでいるといいよ」

ソファに下ろす時、クロードはこっそりそう耳打ちしてきた。やはり足に力が入らないことに気付かれていたようだ。

は、恥ずかしい……。

「ただいま医師を連れてまいりますので」

「あっ……だ、大丈夫。少し酔ってしまっただけだから」

彼に奪われた唇や舌が、まだジンジンして熱い――。

このままだと本当に医師を連れてこられてしまうと、まだとろけたままの唇や舌を必死に動かして断った。

「そうですか。では、水をお持ちしますので」

「ええ、ありがとう」

再びクロードと二人きりになったリーゼは、先ほどの口付けを思い出して真っ赤な顔で俯く。

クーはどうして私に口付けなんてしてきたのかしら……。

「じゃあ、俺はホールに戻るから」

クロードは俯《うつむ》いているリーゼの顎を指先で持ち上げると、再び唇を重ねた。

「んっ……！」

また深く奪われてしまうのかと思いきや、ちゅっと軽く触れるだけのものだった。目を丸くしたまま言葉を失っているリーゼを見て、クロードがくすっと意味深な笑みを浮かべる。

「嫌われたっていい。もう逃がしてなんてあげないよ」

今のは、どういう意味……？

「え？　あ、あ、の……っ」

扉へ向かって歩いて行く彼を追いかけようと腰を上げた……つもりだった。

膝にも腰にも力が入らなくて、立ち上がれないどころかびくともしない。まだ先ほどのキスの余韻が身体に残っているようだ。

ああ、彼が行ってしまう。

焦っても力が入らない。「待って！」と声をかけて引きとめたけれど、クロードはその言葉を無視して部屋を出ていってしまった。

すぐにメイドが戻ってきて水をくれた。口に含むと、火照《ほて》った咥内がひんやりして心地いい。

「ご気分はいかがですか？」

「え、ええ、大分いいわ。ありがとう……」

先ほどのキスを思い出すと、心配してもらうのが心苦しい。

ピカピカのグラスに注がれた水を飲み干し、しばらくすると大分落ち着いてきた気がする。

もう少しすれば、戻れるだろうか……と思っていたその時、扉をノックする音が聞こえた。

誰だろう。もしかしたら、クロードが戻ってきたのだろうかと心臓を騒がせていると、入ってきたのは予想もしない人物だった。

「やあ、レディ・リーゼ。具合が悪いと聞いたが、お加減はいかがかな？」

黄金色の髪を一つにまとめ、この城の中で誰よりも豪奢《ごうしゃ》な衣装に身を包んだ青年――パイライト国王でありクロードの兄であるエルヴェ、そして彼の逞《たくま》しい腕にそっと手を添えている可《か》憐《れん》な女性は王妃のアメリアだ。美しいプラチナブロンドの髪は月の光を紡いだようだった。

「レディ・リーゼ？　まだお加減がよくなっていないみたいね。少し横になった方がいいわ」

アメリアに声をかけられ、リーゼはハッと我に返る。

み、見惚《みと》れている場合じゃなかったわ……！　国王夫妻が私を訪ねてきてくださるなんて、一体何事なの⁉

「ぐ、具合はもう大丈夫です。あの、お二人があまりにも素敵で、見惚れてしまって……」

二人はきょとんと目を丸くして、狼狽するリーゼを見つめる。

しまった。焦って正直に思ったままを言ってしまった。じろじろ眺めるなんてはしたない。

きっと呆《あき》れているのだろうと自分の発言を後悔していると、二人がクスクス笑い出す。

「なんて愛らしい方なのかしら。ね、エルヴェ様」

「ああ、本当に。でも、キミの愛らしさには敵《かな》わないけれどね」

エルヴェは愛おしくて堪《たま》らないと言った様子でアメリアを抱き寄せ、彼女の顔に自身の美しい顔を近付ける。

リーゼが視線の置き場に困っていると、アメリアは「人前では駄目」と、エルヴェの唇を手で押さえる。手に口付けを阻まれた彼は、少し名残惜しそうにしながら顔を元の位置に戻す。

なんて仲睦《むつ》まじいご夫婦なのかしら……。

国王夫妻はとても仲睦まじいと噂で聞いていたけれど、予想以上だ。

「レディ・リーゼ、具合がよくなったのなら私の話を聞いてほしいのだけど、いいかな？」

「え、ええ、もちろんです」

リーゼの返事を聞くと、エルヴェはメイドや後ろに携えていた護衛を下がらせた。人払いをしてまでの重要な話なのだろうか。

い、一体何のお話なのかしら……。

二人が向かいのソファに腰を下ろすのを眺めながら、リーゼは心当たりを探す――よく考えたら……いや、よく考えなくても思い当たることなんて一つしかない。

さっきのキスを見られていた……⁉

さっきまで熱くて仕方がなかった顔や身体から、一気に血の気が引いていくのがわかった。

第二王子である立場のクロードと、男好きと名高いリーゼがキスをしていたのだ。このことが明るみに出れば、ゴシップ好きの貴族たちの格好の餌食！　国王としてだけではなく、兄としても話があって当然だろう。

これはリーゼだけの問題ではない。ペルラン伯爵家どころか、婚約を結ぼうとしているオクレール公爵家にも迷惑がかかるかもしれない。

ああ、どうか違いますように……。

そう願いけれど、それくらいしかわざわざ人払いをしてまでエルヴェがリーゼに話をしようとする理由が見当たらない。死刑宣告を受ける重罪人のような気分だ。心臓がドクドク嫌な音を立てて脈打ち、今にも口から飛び出てきそうな気がする。

「実は私の弟の話なのだけれど……」

や、やっぱりー……！

「ひゃいっ……！」

　狼狽して声が裏返ってしまうと、アメリアが「そんなに緊張なさらないで」と微笑んでくれる。

「いきなりこうして話をしたいとお願いをしたのだから、緊張させてしまって当然だね。配慮が足りなくて本当に申し訳がない。まだ本調子ではなさそうだし、日を改めた方がよいかな？」

「い、いえ、そんな！　今で大丈夫です！」

　すでに胃がキリキリ痛み出している。日を改めることになれば、その日まで胃を健康な状態に保てる自信がない。

「実はクロードの件で、困っていることがあるんだ。クロードが舞踏会で誰とも踊らないという話はご存じかな？」

「は、はい、存じ上げております」

「実はクロードは幼い頃から誰とも結婚しないと宣言していてね」

　誰とも結婚しない？　どうしてかしら……。

「大人になれば気持ちが変わるだろうと重く受け止めていなかったんだが、あれは頑固なところがあって……まあ、そこがクロードのいいところでもあって、私はそんなところも可愛《かわい》いと思っているわけなんだが……ああ、そういえば幼い頃、クロードは幽霊とかそう言った類の話が本当に苦手でね。一時期は夜になると私のベッドに潜り込んできたものだよ。可愛い弟だ。ああ、それから……」

好きな人の貴重な昔話！　こんな時なのにわくわくしてしまう。

もっと聞きたいと思いつつ、どうしてそんな話をしてくれるのか気になる。この昔話に何か重要な鍵が隠されているのだろうか。結婚しないこと、もっと聞きたくなるクロードの可愛らしい過去、それらがリーゼにどう繋《つな》がるのだろう。生唾を飲み、一言も逃さないよう真剣にエルヴェの話に耳を傾ける。するとアメリアがため息を吐《つ》いて、

「エルヴェ様、お話がずれていますわ」

と指摘する。エルヴェはハッとし、苦笑いを浮かべる。

「ああ、すまない。うちの弟は本当に可愛くて、つい色々話したくなってしまうのだよ。さて、本題に入ろうか」

どうやらクロードの幼い頃の話は、本題からずれていたらしい。

「クロードは大人になっても誰とも結婚しないという意志が揺らいでいないらしくてね。誰とも踊らないのは、その意志を表しているつもりらしい」

「あの、どうして、クー……クロード王子は結婚するつもりがないんですか？」

「それが、だね……」

クロードが結婚しないと決めた理由、それはクロードとエルヴェの父である前国王にあった。

前国王は六男で、側室の一人が産んだ末子だった。末子の父は生まれた子たちの中で一番王座から遠い立場だったが、先に生まれた兄たちが王座を巡って争いを起こし、次々と命を落としたことから王となったのだ。これは教科書にも載っている誰もが知っている話だった。

「長男は次男の母親に毒薬で殺され、次男と次男の母親は、子を失って狂ってしまった長男の母親である王妃に寝込みを襲われ刺殺され、三男は自分が早く王位に就きたいからと祖父を殺そうとし……と、非常にドロドロしていてね。まあ、今聞けばどこの王家でもよくある話だろうと思えるけれど、幼い頃に聞いた時はなんて恐ろしい話だと、その日はなかなか眠れなかったよ。ああ、もちろん自分がクロードに殺されてしまうんじゃないか……という意味で恐ろしかったわけじゃないよ？　もしかしたら自分が今寝ている部屋が犯行現場なんじゃないかと考えたら、幽霊的な意味で恐ろしくてね」

「ふふ、クロード様もそうだけど、エルヴェ様もそういったお話が苦手ですものね」

「兄の威厳を保つためにずっと平気な素振りをしているがね。ああ、私がそういった類の話が苦手なことはクロードには、内緒にしてくれると助かるよ」

アメリアが「わかっています」と返事をするのと同時に、リーゼも頷《うなず》く。

「私がそういった意味で怯《おび》えている時に、クロードは別の意味で怯えていたんだよ。もし自分が結婚すれば、当然子が出来るかもしれない。その子が王位争いを企て、私や私の子、そして私の妻に危害を加えるかもしれない。そんなのは嫌だ。だから一生独り身でいよう……と。優しい子なんだよ。だから舞踏会で女性と踊らないどころか、私生活でも女性との接触を徹底的に避けているんだ」

優しいクロードらしい理由だ。けれど女性を徹底的に避けている……というのに、引っ掛かりを覚える。だってリーゼには会いに来てくれていた。それにさっきキスだってしてきた。あんなキスの仕方ができるということは、きっと経験豊富だろう。

「女性の温もりを知れば気が変わるのではないかと思っていたんだが、本当に徹底的過ぎてね……王家の男子が受けなければいけない性教育も避けているんだよ」

〝王家の男子が受けなければいけない〟と強調しているということは、普通の性教育とは違うのだろうか。リーゼが疑問を抱いたことに気付いたらしいアメリアが、

「普通のご家庭だと、同性の親や教師から必要最低限の知識を学ぶわよね。でも王族に生まれた男の子の場合は少し違っているの。知識を学ぶのは普通のご家庭と同じなのだけど、実践も行うの」

と補足してくれた。

「…………え!?　じ、実践って、そ、その……」

「驚くわよね。えっと、実践というのは、実際に女性をお相手するということよ。授業は問題なく女性を愛せるようになるまで行われるわ」

えええええええええ――……!?

リーゼが衝撃を受けている中、エルヴェが話を続けていく。

「その流れで子供が出来ることも珍しくなくてね。性教育の一環で妊娠し、出産した女性も何人かいるわけなんだけれど……」

「では、クロード王子はその可能性を気にして？」

「ああ、そうなんだ。性教育を受けた流れで子供が出来ては大変だと、頑《かたく》なに拒まれてしまってね。クロードはまだ女性の温もりを全く知らないんだよ」

本当に……？

あんな巧みなキスをしてきたクロードが、本当に女性の温もりを知らないのだろうか。

「なんとか女性の素晴らしさを伝えられたらと、何人か女性を送り込んでみたこともあるのだけど、見事かわされてしまって困っているのが現状というわけだ」

「あの、どうしてこんな話を私に？」

てっきり弟に近付くなと警告されると思っていただけに、戸惑いを隠せない。

「実はだね、クロードはキミに好意を抱いているようなんだ」

やっぱり、さっきのキスを見られていたんだわ……！

「あ、あの、わ、私……」

「ああ、もしかしてキミもあの情熱的な視線に気付いていていたかな？」

「……え？　し、視線、ですか？」

キスじゃなくて、視線？　え？　どういうこと？

「王宮での夜会や舞踏会で、クロードはいつもキミのことを見つめているんだよ。ね？　アメリア」

「へ……!?」

クーが私のことを……!?

「ええ、それはもう熱い視線でしたわ。見ているこちらが照れてしまうくらいにね」

嘘、そんなのありえないわ……。

酷いことをして傷付けたリーゼに、クロードが情熱的な視線を送るなんてありえない。思い当たることと言えば、ただ一つ——リーゼは社交界で有名な遊び人と言われている。クロードの耳に入っていてもおかしくない。昔馴染《むかなじ》みが遊び人に成長していたのだ。驚いてまじまじと見てしまったのだろう。熱い視線というより、きっと軽蔑の眼差しだ。

「それでだね、つい先ほど、思いきってクロードに性教育の教師がレディ・リーゼなら受ける気はあるかと尋ねてみたのだよ」

「えっ……！」

わ、私が性教育の教師!?

尋ねた内容にも驚愕したけれど、クロードの答えを想像して胸が苦しくなる。答えなんて聞かなくてもわかる。拒絶の一択しかありえない。

「こういうことは周りが焦ると台無しになるからと思いながらも、弟の年齢を考えるとどうしても気が急《せ》いてしまってね。でも聞いて正解だった。とても乗り気だったよ」

耳を疑った。

嘘……でしょう？

クロードはリーゼを嫌っているはずだ。それなのにどうして？

「レディ・リーゼ、キミは男性の扱いに長《た》けていると噂で伺っているよ。どうかその才能を生かし、しばらくの間城に滞在して私の大切な弟を誘惑し、女性を愛する喜びを教えていただけないだろうか？　もうすぐオクレール公爵と婚約を結ぶことになっているというのに、こんなことを頼むのは心苦しいが、弟が女性に興味を持つなんて初めてのことなんだ」

ああ、王の耳にまで遊び人の噂が届いているということは、やはりクロードの耳にも届いていると考えて間違いない。やはりクロードがリーゼに送っていたのは熱い視線ではなく、軽蔑の眼差しだったのだ。

乗り気だったというのも、軽蔑の眼差しを熱い視線と間違えたように勘違いしてしまったのだろう。そうとしか考えられない。でもこれは、クロードと話ができる二度とない機会だ。

「頼まれてくれるかな？」

エルヴェの質問に、リーゼは緊張で震えながらも頷く。

クロードに嫌われているリーゼが誘惑をしたところで、クロードがなびくわけがない。きっとすぐに帰されるだろう。でも承諾すれば、彼に謝罪する時間くらいは取ることができる。

どんな手段を使っても、クロードにしっかり謝罪しよう。意気地なしでいるのは、もう終わりにするのだ。

◆◇◆

「リーゼ、大丈夫？　紅茶のおかわりを……ああ、顔が赤いわ。冷たい方がいいわね」

「ええ、ありがとう、クロエ……」

衝撃の舞踏会から一夜――リーゼはモラン公爵邸を尋ねていた。

正直なことを言うと、エルヴェにクロードの性教育を頼まれた瞬間――謝罪をする時間が取れると同時に、ある下心を抱いてしまっていた。

嫌われているリーゼに、クロードが誘惑されるはずがない。ないけれど、人生何があるかわからない。万が一……いや、億が一くらいの確率で誘惑できて彼が抱いてくれたら、それを一生の思い出にしたい、なんて恥ずかしいことを考えていたのだ。なんて浅ましい女だろうと自分でも呆れてしまうけれど、思ってしまったのだ。

でも承諾した後、具体的に王族で行われている性教育の内容を教えて貰い、リーゼは真っ赤になったり、真っ青になったり、また真っ赤になったりした。

メイドが運んできてくれた冷たい紅茶を喉に流し込んでみても、昨日の話を思い出すとジンジャーを入れた温かい紅茶を飲んでいる時のように顔がカーッと熱くなる。

クロードに性教育を教えると約束した後のこと――。

「レディ・リーゼ引き受けてくれて感謝するよ。具体的にどのような教育になるかというと――いや、こういった話は同性から聞く方がいいね。アメリア、頼めるかな？」

「ええ、お任せください」

男性は同席していない方がいいだろうと、エルヴェは「愛しいキミと離れるのは一瞬でも惜しいが、可愛い弟のためだ。ほんの少しだけ我慢しよう」とアメリアの頬《ほお》にキスをし、彼女にその場を任せて退席した。

アメリアはベルでメイドを呼び、一冊の本を持ってこさせた。

「ありがとう。もう下がっていいわ」

再び人払いをすると、アメリアはその本をリーゼに渡す。装丁は立派だけど、数ページしかない不思議な本だ。

「まずはこの本をお渡ししておくわね。王族の男子が使う性教育の教科書よ」

「えっ……こんなに薄いんですか？」

本にする意味があるのかと聞きたくなるほど薄い。中を開くと真《ま》っ直《す》ぐに立っている裸の女性と、足を開いている女性の絵が載っていた。女性の胸や陰部には矢印で「乳房」「乳首」「恥丘」等と身体の名称が書かれている。

いやらしさを感じさせるような絵ではないけれど、なんだか見てはいけないものを見たような気がして慌てて閉じてしまう。

「ええ、王族の男性にとっては実際の女性が教科書だから、これはご自分の身体とどう違うか、必要最低限の知識を得るためのものというのと、心の準備用ね。いきなり実際の女性の裸を見て、恐れを感じてしまう方もいらっしゃるから」

「なるほど……」

「初日はまず女性の身体に慣れていただくために、全裸になって隅々まで見せて差し上げてね」

「ぜぜ、全裸っ⁉　すみっ……隅々……ですか？」

アメリーは男性と遊ぶ時、服は乱れていたけれど全裸ではなかった。だから服を着ていてもできることだろうと思っていたけれど違ったのだろうか。

「ええ、この教科書に載っているのはいくら上手に描かれていても絵は絵だから、実際の身体と照らし合わせながら学ばせて差し上げてね」

普通の夫婦が愛し合う時は裸になって愛し合うのかはわからないけれど、リーゼはクロードの先生なのだ。自分の身体が教科書代わりになるのだから、裸になることは避けられないらしい。

クーの前で、全裸になる……。

ああ、想像しただけで恥ずかしすぎて死んでしまいそうだ。

でも、待って……対面した時点で帰される可能性だってあるもの。見せるとは限らないわ。

そう自分を励ますものの、それはそれで悲しいと思ってしまう。

「特に繋がるところは間違えては大変だから、そこは念入りにね」

「ね、念入りに……ですか？」

自分でもよく見たことのない場所だけど、そんな場所をクロードに？

「繋がるところはこちらですと、しっかり見せて差し上げて。初めてが後ろで繋がった……なんてことになったら大変ですもの」

王族の中で後ろで初夜を迎えた悲惨な夫婦が過去にいたそうで、どの穴に挿入するかは念入りに教えるようにと言い伝えられているそうだ。

ちなみにその妻は準備もなしに入れられたものだから裂けてしまい、しばらくの間辛い思いをしたのだという。肛門《こうもん》は裂けてしまうし、夫婦仲には深い溝が出来てしまうし、そんな話が代々伝わっているなんて可哀想《かわいそう》過ぎるとリーゼは心の底から同情した。

「どこに触れられると気持ちがいいのか、どんな風に触れられると気持ちがいいのかを教えてあげてね」

経験がないと悟られてしまっては大変だ。リーゼは平静を装い、わかりましたと答えた。

「身体の基礎知識が頭に入ったら、今度は実際に愛し合っている男女を観察していただくことになるわ。」

「えっ⁉　ど、どうしてそんなことを……」

平静を装いきれなくなったリーゼが、あからさまに狼狽しながら訪ねる。

「レースの編み方も教えて貰っただけではよくわからないけれど、実際に編んでいる姿を見せていただいたら要領が得られるでしょう？　それと同じことよ」

確かにリーゼも教えてもらうだけでは上手く編めず、何度も母の編んでいるところを見てようやく編めるようになった。

では、この世で生まれた初めての男性と女性は、どうやって愛し合うことを知ったのかしら。犬や猫、動物は……？

アメリアが心配そうにリーゼの顔を覗き込み、「リーゼさん、大丈夫？」と声をかけてくれたことで、余計なことを考えていたことに気付く。

「は、はい、大丈夫です」

私ったらこんな時に何を考えているのかしら……。

「実際に愛し合う男女を観察して要領を得たら、いよいよ実際に……ということになるわ。エルヴェ様が仰《おつしや》っていたように、一度だけではなく問題なく女性を愛せるようになるまでお願いすることになるから心しておいてね」

夫婦生活が退屈しないように情熱的な口付けや愛撫《あいぶ》、様々な体位での交わり等を教えるようにとお願いされた。

……様々なたいい？　たいいって何？

わからない言葉も多々あったけれど、経験済みの女性ならば誰もが知っている言葉なのだろう。ここは未経験だということを悟られないように冷静な表情で「わかりました」と短く返事をした。

でも初めて男性を受け入れる時は、痛みを伴うらしい。もしクロードがリーゼの授業を受け入れてくれたなら、受け入れる時に痛がって気付かれてしまうのではないだろうか。

痛みに耐えられたら気付かれないわよね？　初めての時ってどれくらい痛いのかしら……。

クロードに授業を拒絶される可能性の方が高いとわかっていても、期待して色々不安になる。

「こういったことに慣れる時間は人それぞれ違うから、何日間限定と期間を区切ることはできないけれど、クロード王子は器用な方ですもの。あなたのご婚約式までにはきっと授業が必要なくなると思うわ」

授業が終わればリーゼは修道院へ行き、女性を愛する悦《よろこ》びを知った彼は素晴らしい女性を妻に迎えるのだろう。

胸が痛い――。

私、なんて欲張りなのかしら……。

クロードに謝罪できる機会を得ただけでも贅沢《ぜいたく》な話なのに、嫉妬するなんてどこまで欲張りになれば気が済むのだろう。

「急な話で申し訳ないのだけど、明日にでも授業を始めて頂きたいの。ああ、ペルラン伯爵家には性教育のために滞在するとは言わないから安心してね。理由は……そうね、私のお話し相手になっていただくということにしようかしら」

「お気遣いいただき、ありがとうございます。えっと……」

未経験のリーゼには最低限の知識しかない。おそらくクロードに追い返されるだろうが、万が一ということもある。もっと多くの知識を付けなければ……。

心の準備がしたいからもう少しだけ時間が欲しいと頼み、数日間の猶予を貰うことができた。

性についての書籍を探して読むより、実際に経験のある人間に聞いた方が早いし、間違いがないだろう。すぐに思い浮かんだ人物は、親友のクロエだった。

クロードに性教育を行う……というのは、内密にとアメリアから言われていたため事情を説明することはできなかったけれど、切羽詰ったリーゼの様子を見てただ事ではないと思ったらしく、クロエは照れながらではあったけれど、男女のことに付いて教えてくれた。

「大丈夫？」

クロエが心配そうに、冷たい紅茶を飲んでも真っ赤なままのリーゼの顔を覗《のぞ》き込《こ》む。

「え、ええ、大丈夫……」

狼狽《うろた》えている場合ではない。大丈夫じゃなくても社交界の噂《うわさ》通り、経験巧みな淑女を演じなくては――。

第三章　経験皆無な教師の誕生

クロエから知識を授けて貰ってから数日――当日の授業で失敗しないように、リーゼは頭の中で授業内容を想像することを繰り返した。何度繰り返しても、自信が付くどころか不安が大きくなるばかりだ。それでも逃げ出すわけにはいかない。逃げ出したくない。

クー、待っていて……。

リーゼは大きな不安を鞄《かばん》の奥底へと詰め込み、城の門をくぐったのだった。

エルヴェからしばらくの間、アメリアの話し相手をするためにリーゼを城へ滞在させて欲しいと頼まれた父は、もちろん二つ返事で了承した。

『いいか？　リーゼ、淫らな遊びに夢中になり、うつつを抜かしてはならないぞ。くれぐれもこれ以上ペルラン伯爵家の名を汚すような真似だけはしてくれるな』

自分が淫らな遊びをしていると認めることになるのは嫌だ。リーゼは『わかりました』とは言わず、『淫らな遊びに夢中になんてならないわ』と、父の目を真っ直ぐに見て宣言した。一方ロザリーは『どうして私じゃなくて、お姉様が滞在するの？　アメリア様に呼ばれたただなんて何かの間違いよ！』と父に訴え、本当にリーゼが呼ばれているのかを何度も確かめた挙句、それが確かだとわかってもやはり何かの間違えだ。自分が呼ばれているに違いないのだから代わりに行かせろと癇癪《かんしゃく》を起こした。美しいアメリアは国中の女性たちの憧れで、ロザリーも例に漏れないのだ。城に滞在すればクロードと接触できる可能性だってあるのだから絶対に行きたいと訴え続けたけれど、呼ばれているのはリーゼなのだからどうしようもない。

案内されたゲストルームで早々に荷解《にほど》きを済ませたリーゼはソファに座り、緊張を解す材料になればと持ってきた明るい内容の小説を開くものの――全く緊張は解《ほぐ》れずにページをめくる指が震える。来たばかりだというのに、もう今日から授業を行うらしい。

授業は何時からかしら。……それってきっと夜よね？

窓の外はまだとても明るい。つい先ほど昼食を済ませたばかりで、日が沈むまではまだまだかかるだろう。

それまでに心の準備を整えておけばいいと思っていたら、メイドが入浴の用意が調ったと部屋を訪ねてきた。

「こんな早くに？」

「ええ、もうすぐ授業が始まりますから」

「……こんな早くにっ⁉」

「ええ、一時間後を予定しております」

緊張を解すことができないままバスルームへ案内され、入浴を済ませることとなった。

夫婦は眠る前に愛し合い、やがて子供が出来る。家庭教師から習った時はそう言っていた。

だからきっと夜にする行為なのだと思いこんでいたけれど、そうだこれは〝愛し合う〟のではない。〝授業〟なのだから昼に行われてもおかしくなかったのだ。

私ったら、どうしてもっと早くに気付かなかったのかしら……。

用意されていたドレスに身を包み、クロードが待つ部屋へ向かう。代々授業は王族の男子がゆったりとした気持ちで受けられるようにと、普段使っている自室で行われるそうだ。

こういった時でなければ、大好きな人の自室を見られることに喜びを感じるのだろうけれど、今のリーゼにはそういった余裕は全くない。メイドの後ろに付いて一歩、また一歩と足を進めるごとに、心臓が壊れそうなぐらい高鳴っていく。

廊下の突き当たりに、他の部屋よりも一際大きな扉が見える。精緻な金の飾りで縁取られ、ドアハンドルには美しく複雑な彫刻が施されていて特別な部屋なのだとわかった。

もしかして、あれが……。

「あちらがクロード様のお部屋になります」

やっぱり……。

「私は入室を許可されていないので、この先はどうかお一人でお願い致します。私は扉の外で授業が終わるまで待機しておりますので、何かございましたらベルを鳴らしてお呼び下さい」

「わ、わかったわ。ありがとう」

震えそうになる手で、恐る恐る扉をノックする。すぐに「はい」と返事が聞こえてきた。クロードの部屋なのだから当たり前なのだけど、彼の声が返ってきたことにドキッとする。

「あ、あの、リーゼ……です。失礼、します……」

この扉の向こうに、クーが居る……。

この扉を開けるまでに心の準備を整えようと思いながら、ドアハンドルに手を伸ばすと、触れる前に扉が開いた。開けたのはもちろん、クロードだ。

「ようこそ。レディ・リーゼ」

心の準備ができていなかったリーゼは、行き場のない手を元の位置に戻せないまま固まる。すると彼はその手を取り、にっこりと微笑《ほほえ》む。

「さあ、どうぞ」

「えっ！　あ、ありがとう」

傍にメイドがいることを思い出し、慌てて語尾に「ございます」をくっ付けた。

この城の中には、クロードと面識があるのを知っている人物は誰も居ない。リーゼには悪い噂が付きまとっている。もし過去に面識があることが誰かに知られては、クロードまでもリーゼの毒牙にかかってしまっていた……などと噂が流れ、彼に迷惑がかかるかもしれない。

クロードがリーゼに性教育を教えてもらうということは他言無用。

城の中でも知っている者は限られていて、その者たちもエルヴェが選んだ信用の置ける者で、絶対に口外しないから安心してほしいと言っていた。けれどそれは性教育のことだけだ。過去にクロードとリーゼに面識があったということを口外しないとは約束してもらっていない。知らないのだから約束してもらえないのは当然だけど……。

とにかく、親しげな様子は見せないように気を付けなくては――。

王子の部屋なのだからとても広いのだろうとは思っていたけれど、クロードの部屋は想像以上に広かった。壁際に居る時にふと窓を開けて風を入れたいと思っても、窓辺へ行くのには少し時間がかかりそうだ。

部屋に入るとすぐに天蓋付きの大きなベッドが視界に入り、ベッドから彼に抱かれることを連想してしまい、心臓が大きく跳ね上がる。

い、意識しては駄目……。

ただでさえ緊張して歩けないのに、なおのこと上手く歩けなくなる。

部屋の真ん中には皮張りのソファとテーブルを挟んで同じソファがもう一台ある。テーブルにはアメリアから渡された本と同じものが置いてあった。

ベッドじゃなくて、ここでお勉強をする……ということなのかしら。

クロードはソファに腰を下ろし、長い足を組む。やはりそういうことらしい。

今日はまだ抱かれる予定じゃないのだもの。ベッドじゃなくてもできるんだわ。……って、あら？

すんなり部屋へ通されてしまった。追い返されない……ということは、リーゼから性教育を受けてくれるつもりなのだろうか。

まずは目的を達成しなくちゃ……！

「あの、ク……」

そうだ。外にメイドが待機している。中の会話は聞こえているのだろうか。

「クロード王子、あの……」

一応聞こえた時のことを想定して、愛称で呼ぶのは止めておいた。

「……キミにそう呼ばれるのは、なんだか変な感じがするね」

クロードは眉を顰《ひそ》め、小さくため息を吐く。なんだか不機嫌になったような感じがするのは、気のせいだろうか。

「近々攫《さら》いにいくつもりだったけど、まさか自らから嫌ってる俺のところへ性教育に来てくれるとは驚いたよ。兄上はどんなご褒美をぶら下げて、キミを釣ったんだろうね。……いや、もしかして脅したとか？　どんな理由で来たかはわからないけど、俺は喉から出るほど食べたくて仕方がなかったご馳走《ちそう》を目の前にして、お預けができるような余裕のある人間じゃないから覚悟して」

傍に誰かいると想定していなかったから『あの時は突き飛ばしてごめんなさい。本当は嬉しかったのに、汗をかいて恥ずかしかったから咄嗟《とっさ》にそうしてしまったの』と言うつもりだった。

でも第三者の耳に届くかもしれない状況になるというのは想像していなかった。

ど、どうしよう……。

想定外のことに狼狽《ろうばい》していると、クロードが立ち上がってリーゼの顔を覗きこんでくる。

「リーゼ、聞いてる?」

「ひゃっ!」

いきなり綺麗《きれい》な顔が目の前に現れたものだから、リーゼは飛び退《との》くような勢いで驚いてしまう。

「随分、嫌われたものだね。まあ、無理もないか。二度も嫌がるようなことしたんだから」

もしかして、何か話しかけてくれていた?

「え? あ、あの、ごめんなさい。私、聞いていなくて……」

「まあ、いいや……今日からよろしく、リーゼ先生」

〝先生〟と呼んでくれたということは、リーゼから授業を受けてくれるつもりらしい。

すぐにでも謝罪を……と思ったけれど、第三者に顔見知りだと知られないために何か言い方を考えなくてはいけない。しばらく時間が必要だ。

後回しになってしまうけれど、ちゃんと伝えられるようにしっかり考えなくては……。

「こ、こちらこそよろしくお願いします」

「へぇ、敬語まで使うんだ」

前のように話しては、面識があると思われるかもしれない。でも、いきなり敬語を使い出すなんて感じが悪かったかもしれない。でも理由を話せば外に聞こえる可能性がある。

「えっと、今日はその……先生なので」

苦しい――かしら。

でも、これ以外の理由が思い付かなかった。

「ああ、なるほど。口調で先生っぽくしてるんだ？」

少し不機嫌そうだったクロードの口調が、少し柔らかくなった。どうやら納得してくれたらしい。

「口調まで変えて臨むなんて、随分と張り切ってるね。ああ、そうだ。リーゼ先生は随分と経験豊富でテクニシャンなんだって？　よく噂で聞いているよ」

やはりクロードの耳にも噂は届いていたらしい。

予測していたことだけど、悲しくて泣きそうになる。俯いたまま顔が上げられない。きっと彼は軽蔑の眼差《まなざ》しを向けていることだろう。

しっかりするのよ、私……。

その噂がなければ、リーゼは彼の部屋へ招かれることはなかった。彼に謝罪する機会がないまま後悔するのは、蔑《さげす》みの視線を向けられるよりも辛いはずだ。

リーゼは思いきって顔を上げ、クロードと向き合う。けれど彼がリーゼを見つめる目は、蔑みなんて少しも含まれていなかった。覚悟していたのに、拍子抜けして目を丸くしてしまう。

どうして……？

「ん？　どうかした？」

「あ、いえ……」

「そう？　問題ないなら、早速始めようか。そこのソファに座って」

ああ、とうとうこの時が来た。好きな人の前で自ら服を脱ぎ、素肌や自分でも見たことのない場所を晒《さら》す時が——。

飛び出そうなほど高鳴る心臓をドレスの上から押さえ、ソファに腰を下ろす。するとクロードが隣に座った。

あ、あら？

向かいのソファに座るのかと思いきや、なぜか隣……しかも三人以上が座れそうなほど広いソファなのに、膝が触れてしまいそうなほど近い。

こんな近くで身体を見られるの……!?

「どうかした？」

「あ、い、いえ、なんでもな……ありません」

いや、最終的には抱かれるのだから近くなるのだろうけれど、今日はまだ心の準備ができていないというか……とにかく想定外だ。だからといっていつまでも固まっているわけにはいかない。

早く脱がなくちゃ……。

強張《こわば》っていた指を何とか動かし、胸元を飾っているリボンを解こうとすると――リーゼの指がリボンに到達するよりも先に、クロードの指がリボンにかかる。予想もしていなかったことに頭が付いて行けず、リーゼは呆然《ぼうぜん》とその様子を眺める。

リボンを解いた彼の手が、今度はボタンを外していく。ぷつ、ぷつ、とボタンを外す音が聞こえ、胸元にひんやりとした空気を感じることで、今何が起きているかようやく気付く。

「きゃっ!?　クロード王子、何をして……」

「手伝ってるんだけど、いけなかった？　授業を手伝ってはいけないという決まりはなかったはずだけど」

確かにそうなのだけど、ただでさえ恥ずかしいのに、脱がしてもらうなんてなおのこと恥ずかしい。

「ひ、一人でできるので、手伝っていただかなくても大丈夫です」

そう断っても、クロードは「遠慮しないで」と言って、リーゼのドレスを脱がせていく。あっという間に全てのボタンを外され、コルセットが露《あら》わになる。

「あっ……だ、駄目……っ」

思わず両手を交差させて身体を隠すと、クロードがくすっと笑う。

「身体を見せてくれるのではなかったのですか？　リーゼ先生」

そうだ。そうなのだ。身体を見せるつもりなのだ。頭ではわかっていても、身体が勝手に動いてしまった。

あなたは何をしに来たの⁉　ちゃんとしないと駄目じゃない……！

心の中で自分を叱咤《しった》し、交差させていた手を退けてコルセットのホックに指を伸ばす。するとまたクロードの手が伸びてきて、コルセットのホックを外した。

「あっ……で、ですから、自分でできますと……」

「いえいえ、遠慮なさらず」

クロードはにっこり微笑み、ホックを次々外していく。

「ど、どうしてそんなに手際がいいの？」

混乱のあまり、思わず思っていたことが声に出た。リボンまではわかる。でも人のボタンを外すというのは意外と難しい。リーゼは母が亡くなってからというもの、ロザリーの着替えをよく手伝っていたから手慣れているけれど、最初はすごく時間がかかったし、コルセットだってそうだ。初めてコルセットをした時は外すのに慣れなくて、着替えにかなりの時間をかけていたものだ。自分で身に着けていても苦戦したのに、クロードときたらいとも簡単に開いていく。

あの巧みな口付け、女性の服や下着の脱がせ方――クロードはやはり経験があるのではないだろうか。

「さあ、どうしてかな？」

「質問しているのは私の方よ……っ」

「……敬語、忘れちゃってるよ？」

クロードはそう指摘しながら、コルセットの最後のホックを外した。押さえ付けられていたミルク色の胸がぷるんと弾け、彼の眼前に零れる。

「昔は慎《つつ》ましかったけれど、随分大きく成長したんだね」

耳元で意地悪に囁《ささや》かれ、顔が燃え上がりそうなほど熱くなる。覚悟してきたはずだったのに、恥ずかしくてどうにかなりそうだ。胸を見せるだけでもこんなに恥ずかしいのに、この先があるなんて……。

「寒くない？」

「……っ……だ、大丈夫、です……」

恥ずかしくて興奮しているからか、上半身は裸なのにすごく熱い。まだ布を纏《まと》っている足元なんて、しっとりと汗ばんでいるぐらいだ。

「じゃあ、続けようか」

「は、はい……」

おずおずと立ち上がると、腰で止まっていたドレスが足元にストンと落ちる。

残りはドレスを膨らませていたパニエとガータベルトで止めている絹の太もものストッキングと靴だけ——いつもはドロワーズを履いているけれど、今日は用意されていなかったのだ。リーゼはどんな時でもドロワーズを身に着けているから落ち着かない。

授業の期間は決まっていない。でもクロードには膨大な政務が待ち受けているため、一日に受けられる時間はしっかりと決められている。今日は一時間だけしかないと聞いた。ぐずぐずしていてはあっという間に終わってしまう。

早く、脱がなくちゃ……。

そう強く思うのに、恥ずかしさのあまりパニエの紐《ひも》を解いたところから身体がちっとも動いてくれない。少し動くだけでも胸が揺れてしまうのが、さらなる羞恥を誘う。するとまたクロードの手が伸びてきて、緩んだパニエをずり下ろす。

「あ……っ」

先に落ちていたドレスの上に、パニエが重なる。豊かに育った胸も、柔らかい太腿《ふともも》も、薄く生えた恥毛も、全て彼に見られてしまった。

「胸はこんなに大きく育ったのに、下の毛はあんまり育たなかったんだね。薄いから、可愛いところが透けて見えてるよ」

「そ、そんなこと、言わないで……ください」

他の人の身体なんて見たことがないからわからないけれど、人に比べて薄いのだろうか。それは変なのだろうか。

「もしかして貶《けな》されてると思ってる？　違うよ。可愛いなぁって思ったんだ。ああ、こっちも髪の毛と同じ色なんだね」

「……っ……あ、あまり、観察しないで……」

「今日は教科書と実際の身体を見比べる授業なんだから、観察しないわけにはいかないよ。ね、リーゼ先生？」

そうだ。そうなのだ。それなのに、何を言っているのだろう。

恥ずかしくて頭が回らない。ああ、どうにかなってしまいそうだ。それなのにクロードときたら、初めて女性の身体を見るというのに、怯むどころかとても余裕がある。やはり彼は、女性経験があるのではないだろうか。ガータベルトを外し、ストッキングも脱いだ。身体が見ればいいのだから脱ぐ必要はなかったかもしれないけれど、中途半端に身に着けている……というのは逆に恥ずかしかったからだ。ストッキングなしで靴を履き直すと、足の裏がぺたりと張り付く感触がして少し気持ちが悪い。

「で、は……授業を始めます、ね。教科書を開いてください……」

クロードは教科書を持ち上げることなく、テーブルの上に置いたまま開いた。

「さっきみたいに隣へ来てくれる？」

「えっ……」

「嫌？　でも立ったままだと、足を広げる時に危ないと思うんだけどな」

一糸纏わぬ裸の女性と、足を開いて秘部を露出している女性の姿が視界に飛び込んできて、思わず目を逸らす。そうだ。リーゼもこの女性のように、クロードの前でこんなあられもない恰好《かっこう》をしなくてはならない。

「そう、ですね。失礼します……」

リーゼは再びソファに腰を下ろす。何も身に着けていない姿でソファに座るというのは初めての体験だ。皮の感触がひんやりと伝わってきてビクッと身体を震わせてしまう。でもそれはほんのわずかな時間だけ——すぐに彼女の熱が吸収されて、冷たさを感じなくなる。

クロードの視線が、リーゼの身体をなぞる。

「教科書と全然違うんだね」

教科書に載っている絵はとても精巧だ。自分ではどこも違うようには見えないけれど、もしかしたら自分ではわからないだけでリーゼの身体はどこか変なのだろうか。

不安になっていると、クロードが口元を綻ばせる。

「教科書よりもずっと綺麗で、ずっと魅力的だ」

「……っ……⁉　か、からかわないでください……」

「からかってなんていないよ。本心で言っているだけ。白くて綺麗な胸だね。それに柔らかく

て触り心地がよさそうだ。不思議なのは大きいのに、全く垂れてないってところかな。ああ、張りがあるから……かな？」

お願いだから、観察して思ったことを口に出さないで欲しい。

「胸は大きいけど、乳首は小ぶりで可愛《かわい》いんだね。でも、随分初々しい色だ。とても男性経験が豊富なようには見えないよ」

「えっ……」

リーゼはぎくりと身体を引きつらせる。男性経験がある人は、色が違うのだろうか。男性経験がないことが知られたら、教師の役目を奪われてしまう。

「ちがっ……違います！　豊富ですっ！」

まさか自ら淫らな女性だと宣言する日がくるとは――。

否定しながらも動揺して涙目になっていると、クロードがくすっと笑う。

「な、何がおかしいの？　……あっ……おかしいのですか？」

「いや、一生懸命で可愛いなって思っただけ」

一生懸命であるのは認めるけれど、どうして笑うのだろう。

「リーゼ先生、続きは？」

「えっ？　あ、はい……」

授業を続けさせてもらえるということは、リーゼの言うことを信じてくれたということだろうか。追い返されないことに安堵《あんど》しながらも、改めて淫らな女性だと信じられたことが悲しい。

「じゃあ、次はここだね」

クロードは長い指で、秘部を露わにした女性の絵をつつく。

とうとうこの時が来てしまった……。

足を広げなくてはいけないのに、恥ずかしさのあまり身体が動いてくれない。まるで足が石にでもなってしまったみたいだ。するとクロードの手がリーゼの肩にそっと触れた。

へ……？

突然触れられたことに驚いていると、その手に力を入れられた。チョコレート色の髪がふわりと宙に舞い上がり、気が付いたら天上が視界に入る。自分が押し倒されたのだと気付いたのは、クロードに見下ろされてからだった。

「あ、あの、クー……クロード王子？」

「座ったまま開かれても見えないから、この体勢の方がいいと思って」

確かに座ったまま足を開いても、クロードがソファを下りて足と足の間を覗きこまないとよく見えないかもしれない。

配慮が足りなかったわ……。

本当に経験豊富なら、こういった配慮もできていたのだろうか。

「……っ」

どれくらい経験を積めば、恥ずかしくなくなるのだろう。

早く見せなくちゃ……早く、早く……。

焦れば焦るほどに緊張と恥ずかしさが大きくなって、身体が動かない。上半身はソファに寝そべっているものの、お尻から下はソファから落っこちたままという中途半端な体勢でいると
クロードがその足をひょいっと持ち、靴を脱がせてソファに上げてくれた。

彼はソファの上でリーゼの膝を立たせると、両方の膝頭に手を置く。もしかして——。

「手伝うよ」

「まっ……待って、私、自分で……」

「せっかちな生徒でごめんね。でも、そんな可愛い焦らし方するリーゼ先生が悪いんだよ？」

「わ、私、焦らしてなんて……あっ……！」

石になってしまったのではないかと思うぐらい固まっていた足は、クロードの手によって呆《あっ》気《け》なく開かれた。思わず目を瞑《つぶ》ってしまったけれど、秘部に冷たい空気を感じると、彼に見られているのだと瞑っていてもわかる。

「やっぱり教科書と全然違うね。ずっと見ていたいぐらい綺麗で可愛いよ」

そんな場所、可愛いはずがない。自分のものは見たことがないからわからないけれど、教科書に載っている絵を見る限り、少しも可愛いとは思えなかった。

「一応予習してきたから、あっているかどうか答え合わせしてもらおうかな？」

「よ、予習？　……っ⁉」

リーゼは声にならない悲鳴をあげた。なぜなら彼の長い指がふっくらとした花びらをなぞったからだ。

「このふっくらしているところが大陰唇、そして内側が小陰唇、両方性器を守る役目をしてるんだよね。それから……ああ、もっと見やすくするために開いてもいいかな？」

「へ⁉　開くって何を……ひゃぅっ⁉」

クロードはリーゼの花びらに指を当て、人差し指と中指をVの字にしてくぱりと開く。

「～～……っ⁉」

「ああ、可愛いところがよく見えるようになった。この小さくて可愛い蕾《つぼみ》みたいなところが陰核……快感を得るためのもので、すごく敏感なんだよね？」

指先でほんのわずかに触れられた瞬間――飛び上がってしまいそうなほどの刺激が走る。

「ひぁ……っ⁉」

あまりの刺激に、恥ずかしさのあまり閉じていた目を見開く。

クロエに教えてもらって、そこが敏感な場所だとは知っていたけれど想像以上だった。男性が女性を愛する時は指で触れたり、舌で舐めたりするのだと聞いたけれど――ほんの少し触れられただけでも強い刺激が走るのに、そんなことをされたらどうなってしまうのだろう。おかしくなってしまうのではないだろうか。

「本当にすごく敏感だね。でも、敏感な他に別な反応にも見えた、というか……まるで初めて触れられて驚いた、みたいな反応だったね？」

目が合うと、くすっと笑われた。これ以上視線を合わせていると、心の中まで見透かされそうな気がして、リーゼはあからさまに逸《そ》らしてしまう。

「……っ……ち、違……違うわ……いきなり触れられたら、誰だって驚くもの」

……驚くわよね？　多分。

咄嗟だったけれど、それらしい言い訳ができた気がする。でもクロードがまた笑うものだから、嘘《うそ》だと気付かれたのではないかと不安になってしまう。

「ああ、確かにそうだね。ごめん、ごめん。じゃあ、続きをしようか。上の方にある穴が尿道口で、その下にある小さな穴が膣口。ここが男を受け入れる場所なんだよね。あってるかな？」

リーゼはこくこく頷いてすぐに足を閉じ、身体を起こしてソファの足元に落ちていたドレスを拾って胸や秘部を隠した。

「昨日眠かったけど、頑張って予習したんだ。偉い？」

当初は指をさしながら、「ここが大陰唇で、ここが小陰唇で、そしてここが……」と説明するつもりだった。身体を見せるのもままならなかったのだから、クロード自ら動いてくれなければきっと固まったままだっただろう。予習してくれていたおかげで助かった。

「え、ええ、とても」

こくこく頷《うなず》くと、クロードが満足そうに笑う。

「じゃあ、勉強熱心な生徒にご褒美をくれる？」

「ご褒美？　もちろん、と言いたいところですけど、私が自由に使えるお金はあまりないんです。私の持っているお金で買えるものなら……」

「ううん、何か買ってほしいものがあるわけじゃないんだ。リーゼ先生からじゃないと貰えないものなんだけど、いい？」

私からじゃないと貰えないものって、何かしら……。

尋ねてもクロードはにっこり微笑むばかりで教えてくれない。

そういえば昔、手作りのクッキーをクロードに食べて貰ったことがあった。彼は甘いものが大好きらしく、すごく美味《おい》しい。また作ってほしいと喜んでくれた。もしかしてそのことを言っているのだろうか。……というより、リーゼしかあげられないものといえば、それくらいしか思い付かない。

「ええ、私のでよければ」

「『ので』じゃなくて、リーゼ先生『のが』いい。やった。楽しみだな」

クロードが嬉しそうに微笑むものだから、リーゼも釣られて口元が綻んだ。緊張と羞恥で変に力が入っていた身体の強張りが、少し解《ほぐ》れたみたいだった。

……と言っても、今さら緊張が解れても遅い。今日の残りの授業は女性への愛撫の方法を口頭で教えるだけだ。

もう身体を見せる必要はない。もう、着替えても問題ない……わよね？

リーゼは彼に背を向けて座り直す。

ドレスを巻き付けてお尻を隠し、コルセットを締め直しながら説明することにした。

「で、では、授業を進めますね」

「後ろを向いたまま？」

失礼なことをしているとはわかっているけれど、こればかりは譲れない。

「すぐに終わるのでお許しください……えっと、夫婦が愛し合うためには、男女共に条件が整っていなければなりません」

先ほど宣言した通り、いつもならすぐに終わらせられる。でもクロードの前で着替えていると意識すると指が震えて、一つも留め直すことができないでいた。

「男性はその、せ、せ、性器を大きくしなくては女性の中に入ることができなくて、女性は……せ、性器が濡《ぬ》れていないと男性を受け入れることができません」

早く、早く……。

ようやく一つ留めることができたけれど、先は長い。指どころか、声まで震えてしまう。

「女性は……か、快感を覚えると、……っ……ちっちっち膣から愛液が出てきます」

ああ、身体を見せるというのも恥ずかしかったけれど、口頭で説明するというのも予想以上に恥ずかしい。

「快感を与えるためには、せ、性感帯への刺激が有効的です」

「性感帯って、具体的にはどこ？　刺激ってどんな風に？」

「そ、それは……それはその……ち、乳房や……っ……ち……乳首、い、い、い、陰核に、指で触れたり……唇や舌で刺激……します」

恥ずかしすぎて、声が震える上に、虫の羽音のように小さくしか出せない。

説明に必死過ぎて指が止まる。コルセットのホックは未《いま》だ一つしか止められていない上に、腰から胸へ順番に留《と》めていっているので、まだ胸は零れたままだ。

「うーん……俺は要領がいい方じゃないし、不器用だから、口頭で説明して貰ってもよくわからないな」

「え……じゃあ、どうしたら……」

「こういうのはどう？」

後ろから伸びてきたクロードの手が、リーゼの腰に絡む。予想外のことに驚いているとそのまま抱き寄せられ、やっとのことで留めたコルセットのホックを外された。

「あっ……な、何を……」

「今教えてもらったことを実践するから、ちゃんと気持ちよくなれているか教えて？」

クロードはそう尋ねながらも、リーゼの返事を聞かないまま大きな手で豊かな胸を包み込む。

「ああ、大きくて、手に収まりきらないや。全体的に刺激を与えるにはこうしないと……」

彼は長い指を広げ、まるでパン生地を捏《こ》ねるように柔らかな胸を揉《も》みしだく。

「ひゃぅっ!? そ、そんな……っ……」

「ああ、すごく触り心地がいいね。吸い付いてくるみたいだ。ほら、見て」

恐る恐る視線を下にやると、クロードの手によってミルク色の胸が淫らに形を変えているのが見えた。あまりにも淫らな光景に、思わず両手で目を覆いたくなる。

「や……っ」

駄目……きっと経験豊富な女性は、胸を可愛がられて目を覆ったりなんてしないわ……！

恥ずかしさを必死に耐えていると、クロードの手付きが大胆なものになっていく。胸の先端が手の平に擦れるたびにくすぐったくて、身体がびくびく跳ねてしまう。

経験のある女性ならくすぐったいのではなくて、気持ちよくなれるものなのだろうか。

「敏感なんだね。もう乳首が起ってるよ」

「ぁ……っ……」

クロードは胸を下からぐっと持ち上げ、リーゼに尖った胸の先端を見せてくる。

「さっきまで薄ピンク色だったけど、少しだけ色が濃くなったね」

クロードは再び胸を包み込むと、指と指の間に胸の先端を挟み込みながらむにゅむにゅと揉みしだく。

「……っ……や……ひぅっ……んっ……んんっ……」

指と指の間で胸の先端が擦れて、どんどん尖って色が濃くなっていく。尖ると面積がほんのわずかでも大きくなるから？　最初よりずっと敏感になっているみたいだ。

「リーゼ先生、この硬くなった可愛い乳首を愛撫するにはどうしたらいいんですか？」

クロードが耳元に唇を寄せてきて、少し意地悪な口調で尋ねてきた。柔らかな唇がわずかだけど耳に当たって、肌がぶるりと粟立《あわだ》つ。

「あ……さっき、言った通りに……」

「出来の悪い生徒でごめんね。忘れちゃったから、もう一度教えてくれる？」

「わ、忘れるはずないじゃない……！」

「忘れたものは忘れたんだよ。意地悪していないで教えてほしいな。リーゼは先生でしょ？先生なら出来の悪い生徒には根気よく教えないとね」

クロードの言う通りだ。

「……ごめんなさい。あの……ち、ち、ちく……」

「うん？」

ああ、あんな恥ずかしいことを二度も言わなくてはいけないなんて……。

「そ、そこを指で触れたり……」

「触れるってどうやって？」

「……抓《つま》んだり、指で転がしたり……し、舌で舐めたり……」

クロエに教えて貰ったことを必死に思い出し、クロードの質問に答えていく。

「こうかな？」

硬く尖った両方の尖《とが》りを指でキュッと抓まれ、リーゼは淫らな悲鳴を上げる。

「ひぁっ⁉」

クロードは抓んだ乳首を指と指の間でくりくり転がし、時折痛みを感じない絶妙の強さで少しだけ引っ張ってくる。

な、何……？　私、どうしちゃったの？

くすぐったいのに、それが良いと感じ始めていることに気付く。

彼の手で自分が作り返られていく感覚に怯《おび》え、リーゼは自分の置かれた状況を忘れて首を左右に振り、やめてほしいと懇願する。

「だ、だめ……そ、そんな……触り方……っ……ひぅっ……や、やめ……っ」

恥ずかしい声が――自分が出したなんて信じられないような声が唇から勝手に零れる。意識して抑えようとしても止められない。

「ああ、こうされるのは気持ちよくない？　じゃあ、こうだとどうかな？」

クロードは抓むのを止めると指の腹でくりくり転がし始め、時折押し潰す動作を加えてくる。

触れるのをやめてほしかったのに、別の触れ方にしてほしいと願った形になってしまった。

「ぁっ……やぅっ……あぁっ……」

刺激を与えられている尖りがじんじんして熱い。くすぐったくて堪らなかったのに、もっと触れてほしいと主張しているみたいだ。熱いのは、そこだけではない。以前クロードに深い口付けをされた時に疼《うず》いた場所がまた疼いて、熱くなっていて、すごく切ない。

教師になるため必死に勉強したからわかる。疼いているのは子宮で、リーゼは彼の愛撫《あいぶ》に感じているのだ。刺激を与えられるたび腰が勝手に揺れて、身体の奥から蜜が溢《あふ》れて花びらが潤んでいくのがわかる。

「ねえ、リーゼ先生はどうしたら気持ちよくなってくれるの？　どんな触り方が好きか、俺に教えてよ」

「……っ……さ、さっき、言ったもの……」

「ああ、もう忘れちゃったよ。出来の悪い生徒でごめんね。……それで、どうやって触られるのが好き？　教えてよ」

乳輪をくすぐるように撫でられると、尖りがますます固くなる。

「……っ……ち、乳首……を……」

「うん？」

「も、もっと、強く抓んで……さっきみたいにくりくりって……」

クロードはくすっと笑い、「こうかな?」と胸の先端を抓んで、指と指の間でくりくりとこねくり回した。

「ぁンっ……!」

「リーゼ先生は優しく触られるよりも、強い刺激の方が好きなんだね。この触り方は嫌なのかと思ってたけど、よかったってことだったんだ。また一つ勉強になったよ。ありがとう、リーゼ先生」

「あっ……あふっ……ぁんっ……んんっ……はぅ……っ」

なんていやらしい声――。

こんな大きな声を立てれば、外に聞こえてしまうかもしれない。手で口を押さえても、次から次へと喘ぎがこぼれて、隙間からくぐもった声が零れてしまう。

身体の中が、頭の中が、チョコレートのようにトロトロとろけて――ああ、もう少しも力が入らない。手にも力が入らなくなって、とうとう口を押さえていることもできなくなる。

「可愛い感触だからずっとこうやって指で弄っていたいけれど、口でも愛撫ができるようにならないとね。リーゼ先生、こっちを向いて?」

「あ……っ……」

クロードはリーゼを再び組み敷くと、仰向けになっても形を崩さない胸をすくうように持ち上げ、淫らに尖った先端を強調させた。

乳輪はふっくらと膨らみ、先端はツンと上を向いて恥じらう乙女の頬《ほお》のように赤く染まっている。クロードはまじまじと眺め、口元を綻ばせる。

「ああ、なんて可愛いんだろう」

彼は形のいい唇を尖りに近付け、ちゅっと口付けを落とす。

「ぁ！　……だ、だめ……そんな……」

敏感になった胸の先端が柔らかな唇のわずかな刺激を受け止め、快感へと変える。

「ふふ、くすぐったかった？　ごめんね。つい可愛かったものだから……じゃあ、今度はこれで可愛がるね」

クロードが自らの唇を舌なめずりする姿を見ると、身体がさらなる刺激を期待して早く欲しいとおねだりするように疼く。彼は形のいい唇を開くと、リーゼの胸の先端を根元からぱくりと咥えた。

「ひゃぅっ……!?」

熱い舌が敏感になった先端に絡み、飴でも楽しむようにぬるり、ぬるりと擦りつけてくる。

「あっ……あっ……あぁっ……や……っ……んんっ……」

彼は形のいい唇で乳輪をしっとりと食み、同時に咥内《こうない》で舌を巧みに動かす。

ぬるぬる擦り付けていたと思えば、扱《しご》きあげるように動く。力が抜けそうになると痛みを感じさせない程度に甘噛みを加えられ、時折吸われた。

与えられる刺激に慣れる前に、新しい動きで刺激を与えられる。その動きは少しも予想できなくて、リーゼは快感に翻弄させられた。

クロードは器用なことに片方の胸を唇や舌で可愛がり、もう一方を指で弄る。指の腹で撫でるように転がされ、時折指と指の間に挟んできゅっと抓みあげる。

「ぁっ……やぅっ……は……んんっ……あっ……あぁっ……」

花びらの間はとろとろの蜜で満たされ、先ほどわずかに触れられた場所が、こちらも弄って欲しいと主張するようにひくひく疼く。

「可愛い喘ぎ声だね。もっと鳴かせたくなるよ」

ちゅぱっと音を立てて胸の先端から唇を離したクロードは、舌なめずりをしてから指で弄っていた方の胸の先端に吸い付く。

「ひぁ……っ！　あ、あぁっ……」

快感に翻弄されながらも何気なく呼吸で上下する胸に目をやると、今までクロードに咥えられていた方の乳輪や先端が唾液で濡れ、窓から差し込んだ光に反射して、てらてらしているのが見えた。そこに彼の手が伸びてきて、赤く熟れた胸の先端を転がし始める。

「んぅ……っ……あ……あぁ……っ」

金色の髪が白い肌をさらさらと撫《な》でているのも同時に視界に入り、彼に愛撫されているのだということを今さらながら強く意識してしまい、慌ててそこから目を逸らす。

「ねえ、リーゼ先生、気持ちよくなってくれてる？」

胸の先端から唇を離したクロードにそう尋ねられても、身体中の力が抜けてしまって頭を頷かせるどころか、あんな大きな喘ぎ声を出していたのに返事の声は出せそうにない。

もし出せたとしても、素直に『気持ちがいい』だなんて、恥ずかしくて言えそうにはないのだけど……。

「声が出せなくなるほど気持ちよくなってくれたって思っていいのかな？」

恥ずかしくて顔がカァッと熱くなる。リーゼがさらに瞳を潤ませてしまうのに気付いたクロードは、それを肯定と取ったらしく口元を綻ばせた。

身体を起こしたクロードは、リーゼの膝頭に口付けを落とす。

「うぬぼれだと恥ずかしいし、こちらを見て確かめてみようかな」

「あっ……！」

クロードは膝に手をかけ、リーゼの足を開かせた。とろけた身体には全く力が入らず、淫らな変貌を遂げた秘部をあっさりと見せることとなる。

ピンク色だった秘部は興奮によりローズピンクに染まり、まだ誰も受け入れたことのない小さな膣口からはたっぷりの蜜が溢れてお尻まで零れていた。

「こんなにたっぷり濡れてくれてるってことは、俺の愛撫で感じてくれたってことで間違いないよね？」

「ひうっ……」

クロードの長い指が、花びらの間に触れるのがわかった。ゆっくりと上下に動かされると、くちゅくちゅと粘着質な蜜の音がリーゼの耳に届く。

一糸纏わぬ姿を見られ、敏感な場所に触れられ、淫らな身体になっていく――。

ああ、なんて恥ずかしいの……。

何度経験すれば、羞恥から解放されるようになるのだろう。

以前ロザリーの行為を目撃した時、彼女は男性に対して羞恥を感じている様子は全く見受けられなかった。彼女ほどに経験を重ねていれば羞恥から解放されるのだろうか。

往復する指が快感に膨れた蕾をかすめるたび、身体がびくびく跳ね上がる。

「やぅ……っ……あっ……ひんっ……!」

「ここ、さっきよりも赤くなって、ぷっくり膨れてるね。すごく魅力的だよ。リーゼ先生はどこもかしこも魅力的で……ああ、どうしたらいいかな。時間制限なしで、ずっとこうしていたくなる」

花びらの間を往復していた指が、蕾を集中して撫で始めた。

「――……っ……あ……!」

とても敏感な場所で、快感を得るためだけに存在しているものだとは知っていた。先ほど一瞬触れられただけでも強い刺激が走ったから、ああ、本当なんだと思ってはいたけれど――集中的に触れられるのはそれ以上だった。

「や……っ……あ……あっ……あぁっ……んっ……ぁっ……やぁ……ぅ」

指の動きと一緒に腰が震え、頭の中が真っ白になっていく。

とろとろの蜜を纏った指が、円を描くように動いた。そのたびにお腹《なか》の奥が煮えてしまいそうなほど熱くなる。

すると足元から何かがじりじりとせり上がってくるのに気付いた。

な、に……？

その何かがお腹のあたりまでくると、身体がぐぐっと持ち上がってくるような感覚に変わる。

こんな感覚になったことは、今まで一度もない。

怖い——。

でも、もっと先を知りたい。それと同時に理性が騒ぎ出す。これ以上気持ち良くされたら、おかしくなって元通りにならなくなる——と。

「指で愛撫すると、リーゼ先生の感じる可愛い顔が見られていいね。もっと見ていたいな」

「や……っ……」

こんな恥ずかしい顔が可愛いわけがない。咄嗟に両手で顔を隠すと、

「あれ、リーゼ先生は経験豊富なんだから、感じている顔を見られるのなんて日常茶飯事のはずだよね？　それなのにどうして隠しちゃうのかな？」

と言われ、慌ててその手を退けた。

「ち、違……これ……は……っ……ぁんっ……」

ぷっくり膨れた蕾を指で軽く押し潰され、会話の途中で言葉が喘ぎに変わってしまう。

「ああ、そうやって可愛い顔を隠して見せないようにするのもリーゼ先生のテクニックの一つなのかな?」

どうやら誤魔化せたらしい。本当にそんなテクニックが実在するのかはわからないけれど、そういうことにしておこうと、力の入らない頭をなんとか動かしてわずかに頷いた。クロードが含みのある笑いを浮かべたことに、必死になっているリーゼは全く気付いていない。

「やっぱりそうなんだ? さすがだね。でも俺みたいな経験なしの未熟者相手だと「顔を見せてくれないなんて嫌われてるんだ」なんて思って悲しくなるから、今後その上級テクニックは禁止ってことで、いい?」

そう言われたら、もう二度と隠せない。恥ずかしくて涙目になっていると、人差し指と中指の間に快感でぷっくり膨れた蕾を根本から挟み込まれた。そのまま前後に動かされると、指と指の間で蕾がぬるぬる擦れ、リーゼはさらなる刺激に翻弄される。

「ひぁっ!? あっ……あぁっ……んっ……や……」

高熱を出したみたいに、身体が熱い。お腹まで上ってきた何かが、さっきから身体の中から抜け出しそうになっては奥へ潜り込み、また抜け出しそうになっているのを繰り返している。

快感に喘ぎながらも、未知の感覚に戸惑う。

これは一体、なんなの……？

またその何かが身体から抜け出しそうな感覚が強くなった時、クロードが膨れた蕾から指を離した。すると花びらを両方の人差し指でくぱりと広げ、そこに綺麗な顔を近付けてくる。

近くで観察するつもりなのだろうか。

「や……っ……」

観察してもらうのも授業のうちだとわかっていても、恥ずかしくて「やめてほしい」と口走ってしまいそうになる。

たっぷり付いた蜜が花びらと指をぬるりと滑らせ、せっかく広げられたのにまた閉じてしまう。クロードは蜜まみれになった指を躊躇《ためら》うことなくぺろりと舐め取ると、花びらにまで舌を這わせて蜜を舐め取った。

「ぁ……っ……！」

リーゼはようやく彼が何をしようとしているのかわかった。

「ん、これで大丈夫かな？」

彼は再び花びらを広げると、再びリーゼの足の間に綺麗《きれい》な顔を埋め、先ほどまで指でたっぷり可愛がっていた蕾にねっとりと舌を這わせ始めた。

「あっ……あぁっ……！」

そこを舌で触れて愛撫するということは、知識では知っていた。けれど蕾を指で触れられた時、あまりにも強い快感に襲われ、漠然とこれ以上の刺激はないだろうと思っていた。でも熱い舌での刺激は、それ以上だ。

舌の表面でねっとりと大胆に擦り付けてきたかと思えば、舌先でちろちろくすぐるように舐め、時折柔らかな唇で挟み込んで小刻みに揺らす。

身体中の水分が全て蜜になって、死んでしまうのではないかと不安になるほど新たな蜜が生まれていた。

でもそうなってもいい。どうなってもいいと思えるほどの快感——リーゼは真っ白になっていく頭の中で、何もかも投げ出して好きな人に与えられる快感に身を任せたいという本能と、大きくなり過ぎた本能に押しこめられて小さくなっている理性が戦いを繰り広げる。

じゅるじゅると蜜をすすられると、こんなにも溢れさせるなんて淫らな女だと指摘されているようで羞恥心がくすぐられて、同時に小さくなった理性がなんとか元の大きさになろうとして本能を押し戻し、快感に抗おうとする。

「や……っ……も、もうだめ……クー……も、やめて……っ……だめぇ……っ」

これ以上されては、何かを失ってしまう。これ以上の快感を知っては、おかしくなって元に戻れなくなってしまうのではないだろうか。

リーゼは自分の立場を忘れ、他人に聞かれては困るからとわざと他人行儀に彼を呼んでいたことすらも忘れ、チョコレート色の髪を乱しながら首を左右に振って懇願する。

するとクロードは一瞬動きを止め、リーゼの淫らな場所に顔を埋めたまま、喜びを隠しきれないと言った様子で口元を綻ばせる。

「……やっぱり、キミにはそうやって呼んでもらえる方が嬉《うれ》しいな」

「え……？な、何？」

「なんでもないよ。それよりもさっき言ったことを忘れた？　駄目だよ。やめてあげない。俺はお預けができるような余裕のある人間じゃないから覚悟してって先に忠告したでしょ？」

クロードはぷっくり膨れた蕾をぱくりと挟むと、小刻みに揺らしながらちゅぅっと吸い上げた。

「――……っ……あぁ……っ！」

その瞬間――頭の中が真っ白になって、お腹のあたりを彷徨っていた何かが、腰をがくがく震えさせながら身体の外へ出ていくのを感じた。

な、に……？

全身からどっと汗が噴き出て、一瞬にして身体中の全ての骨が溶けてなくなってしまったように力が抜ける。ああ、瞼《まぶた》すらも開けていられない。ぼんやりとした頭の中で、クロエが教えてくれたことを思い出す。

男性は快感が極まると絶頂を迎えて子種を放つ、それと同じく女性も快感が極まると、絶頂を迎えるのだという。

　これがもしかして、絶頂……？

「ああ、達《い》ってくれたのは嬉しいけど、その顔が見られなかったのは残念だな」

　達った……？

　流れからなんとなく、『絶頂』と『達った』というのは同義語だということがわかった。

　クロードは蜜で濡れた唇をぺろりと舐め、いつのまにか深緑色の瞳からこぼれていた涙を親指で拭う。

「嫌いな俺に触れられるのは、泣くほど嫌だった？」

　苦笑いを浮かべたクロードは、親指に付いたリーゼの涙をぺろりと舐めた。

　違う。恥ずかしかったけど、嫌なわけないわ。

　そう言いたいのに、呼吸をするのがやっとで言葉が出てこない。首を左右に振ることもできなくて、どうか伝わってと願いながら目で必死に訴える。

「俺が嫌いなら、もっと蔑むような目で俺を睨んでよ。そんな可愛い顔されたら、キミが泣こうがわめこうがこのまま部屋に閉じ込めて、ずっと貪りたくなる」

　どういう意味なのか尋ねたくても、声が出てくれない。理解できないのは、リーゼの頭が絶頂に痺れてぼんやりしているせいなのだろうか。

　すると扉を叩く音が聞こえた。

ていた。

『クロード様、授業終了のお時間でございます。お支度を』

メイドの声だ。テーブルの上に置いてあった時計を見ると、授業終了の時間をとっくに過ぎていた。

「……残念、時間切れだ。まあ、本当にそんなことをしたらますます嫌われてしまいそうだから、今日のところは我慢するよ」

どうしよう。まだ、身体が言うことを聞いてくれないわ……。

早く着替えて去らなければいけないのに、まだ指一本動かすのがやっとだった。

「休んでいていいよ。俺がやってあげる」

「へ……？　ひゃっ……！」

クロードは胸元を飾っていた白いハンカチで、蜜まみれのリーゼの秘部を綺麗に拭った。自分でできるからと拒もうとしても身体が動いてくれずされるがままだ。

散らばった着替えを集めると、顔どころか指先まで真っ赤になったリーゼを抱き起こして座らせ、手際よくコルセットやドレスを着せてくれる。

「ああ、押し倒したせいで、髪を乱してしまったね。梳いてあげるよ」

「あ……大丈夫、です。授業の時間が終わったなら、早く部屋を出ないとご迷惑に……」

「髪を梳く時間ぐらいはあるよ」

彼は手元にあったベルを鳴らして、メイドにブラシを持ってこさせた。

クロードはブラシを受け取ってメイドを下がらせると、リーゼの背中側に回って座り直し、チョコレート色の髪を丁寧に梳いてくれた。

「痛かったら、すぐに言って」

「え、ええ」

痛いどころか、とても丁寧な手付きで気持ちがいい。

そうしているうちにぼんやりした頭がだんだんはっきりしてきて、身体にも力が入るようになってきた。女性経験がない人間に、あんな巧みな愛撫ができるだろうか？　いや、考えるまでもない。ありえない。

余裕がないリーゼに比べて、彼は余裕たっぷりに見えるのは気のせいではないはずだ。こうしてリーゼの乱れた髪を梳く余裕があるなんて絶対におかしい。

「あの、クロード王子」

「ん、何？」

「あなた本当は経験があるんじゃ……」

でも、どうして経験がないふりをしているのだろう。経験があるのなら、リーゼからこうして性教育を受ける必要なんてないはずだ。

「いや？」

「嘘！　あんなすごい触《さわ》り方ができるなんて、おかしいもの！」

あからさまな嘘を吐かれ、思わずカッとなって敬語を忘れてしまう。

「嬉しいことを言ってくれるね。俺の愛撫、そんなに気に入ってくれた？」

クロードはリーゼの耳元に唇を寄せ、「嬉しいことを言ってくれるね。俺の愛撫、そんなに気に入ってくれた？」と言って意地悪に笑う。

「か、からかわないで……っ」

「からかってなんていないよ。俺の触り方がすごいと思ってくれたのは、リーゼ先生がすごく感じやすくて敏感だからじゃないかな？」

クロードの指に白い首筋をつつ、と艶やかに撫でられると、まだ絶頂に痺れている身体がびくんと跳ねて、甘ったるい声が出てしまう。

「ぁっ……」

「ほら、ね？」

感じやすいかどうかはわからないけれど、これだけは確信が持てる。クロードはやっぱり経験があるということだ。

どうして経験がないふりをするのかしら……。

わからない……でも、彼に謝罪するためには、リーゼが好きな人からの思い出をもらって修道院にいくためには、どうしてもこの時間が必要だ。

「はい、終わったよ」

「あ、ありがとうございます。では、失礼します」

なんとか腰を上げたものの、まだ膝に力が入らなくてぎこちない歩き方になる。後ろから見たらよろよろしていて、生まれたての小鹿のようになっているだろう。

ようやく扉の前に辿り着いてドアハンドルに手をかけると、いつの間にか後ろから付いてきていたらしいクロードの大きな手がその手の上に重なる。

「え……」

「待って、まだご褒美を貰っていないよ」

「ご褒美って……」

「さっき約束したでしょ？　忘れちゃった？」

クッキーよね？

常に手作りクッキーを携帯していると思われているのだろうか。

「いいえ、忘れていないわ。あの、ごめんなさい。今日は私、クッキーは持ってな……」

振り向くと、唇を奪われた。

「ん……っ……」

ほんの少しだけ触れる口付け――リーゼが目を丸くしていると、クロードがくすっと笑う。

「ご馳走《ちそう》様。最高のご褒美だよ」

い、今のがご褒美……!?

呆然《ぼうぜん》としていると、扉の向こうをノックする音が聞こえてくる。

『クロード様、お時間が……』

「ああ、わかっているよ。じゃあまたね、リーゼ先生。明日もよろしく」

クロードは扉を開き、にっこりと微笑んでリーゼを見送ってくれた。

明日もよろしくと言ってくれたということは、明日も授業を受けてくれるつもりなのだろう。

どうやら未経験だったのはばれなかったらしい。

自室に着いて扉を閉めるなり、リーゼはへなへなとその場に座り込んだ。

私との口付けが、ご褒美……？

一体どうなっているの？

リーゼの心の中に、都合のいい希望が芽生え始めていた。

あんなに酷《ひど》いことをしたリーゼに、彼がまだ好意を持ってくれているのではないか――と。

◆◇◆

翌日の深夜――リーゼは授業を行うためにメイドを先頭にして、クロードと一緒にとある部屋へ行くため、地下へ続く長い階段を下りていた。
一段一段下りていくたびに、空気が冷たくなっていくのを感じる。ショールを持ってきて正解だ。羽織っていても少し肌寒い。

　メイドが持つランプの光で生まれた影がゆらゆら揺れると、なんだか心まで揺れそうになる。

「こんな時間になってごめん。今日は色々と外出予定が重なってね。眠くない？」

「いえ、大丈夫です。クロード王子は大丈夫ですか？」

「ああ、俺も大丈夫だよ」

　城に滞在することとなって環境が変わり、未経験の身でありながら性教育を指導することとなり疲労が溜まっているものの、昨日は気が昂《たか》ぶってあまり寝られなかった。そして今日もとても眠れそうにない。

　あれから第三者に聞かれても、顔見知りだとわからないような謝罪の言葉を探した。でも良い考えは一つどころか欠片も見つからなかった。

　焦っては駄目……。

　まだ時間はある。焦って考えるよりも、じっくり考えて確実に彼の心へ届く言葉を探そう。

　そう考えていたら、クロードがぽつりと呟《つぶや》く。

「……リーゼが手に届く場所に居ると思ったら、とても眠れそうにないしね」

　クロードの声は、靴音でかき消されてしまうほどとても小さかったものだから、リーゼの耳には届かなかった。

「え？」

「いや、なんでもないよ。ただの独り言」

そう言われると、余計気になる。もう一度聞きかえそうとしたら、階段が終わりを向かえた。

「本日の授業は、こちらのお部屋でお願いいたします」

その部屋には、地下室にも関わらず壁に長方形の小さな窓があった。

縦五センチ、横二十センチほどの小さな窓が二つ——そこから見えるのはもちろん景色ではない。見えるのは隣の部屋だ。窓と言うよりも、覗き窓と言った方が良いかもしれない。

窓は人の腰ほどの高さにあり、前に置いてあるソファに座って覗《のぞ》き込《こ》むと隣の部屋が覗けるという仕組みだ。

あと数十分後、隣の部屋に下級兵士の一人と娼婦がやってきて行為をすることとなっており、二人はこの覗き窓から二人の行為を観察するのが今日の授業だった。

この部屋は王族の性教育にと代々使っている部屋で、面倒な噂等が流れないよう秘密裡で行っているために誰が覗《のぞ》いているかわからないようにとの配慮が施されていて、窓からはこちらの目しか見えない構造らしい。

兵士と娼婦には『とある大事な客が、人の行為を覗きたい性癖の持ち主なので、覗かせて欲しい』という偽りの理由を話し、他言しないよう多額の金を握らせているらしい。

「もうそろそろ始まりますので、そちらのソファにかけてお待ち下さいませ。先ほどリーゼ様にはご説明しましたが、こちらの壁は向こうの音が聞こえるように、普通のお部屋よりも薄く

作られております。小声程度でしたら向こうに聞こえることはございませんが、大きな声を出
すとあちらに聞こえてしまいますのでお気を付け下さい」
「ああ、わかったよ」
「それでは私は外で待機しております。何かございましたら、そちらのベルでお呼び下さい」
ソファの隣にあるテーブルの上には、ランプとベル、夕食を取ってから大分時間が経つとい
うことで、軽食とワインが置いてある。
リーゼは昼のうちにこの部屋を訪れ、メイドから説明を受けていて心の準備はできていたは
ずだが、いざ覗くとなると緊張してしまう。ロザリーの行為を偶然見たことはあった。でもあ
れは偶然、不可抗力で見ただけであって、こうしてわざわざ見にくるのとはわけが違う。
緊張してがちがちに強張《こわば》っているリーゼとは違い、クロードは全く緊張している様子はない。
ソファに腰を下ろしてテーブルを眺めると、メイドにワインではない飲み物も何種類か持って
きて欲しいと頼む余裕があるくらいだ。どうやらワインは飲みたくないらしい。
経験がないのなら、こういう時は緊張するのではないかしら……。
彼が経験者という疑惑が、また濃厚となった。
「どうしたの？　そんなところで立っていないで、キミも座りなよ」
「あの、クロード王子は、どうして緊張していないのですか？」
「緊張？　どうして？」

逆に尋ねられるとは思わなかった。

「初めてでしたら、こういった性に触れる場……というのは、緊張するのが普通ではないかと思うのです。でもあなたは全然緊張している様子がないから……」

リーゼはあからさまな疑心の視線をじっとりと送る。すると彼はにっこりと微笑《ほほえ》む。

「いや、すごく緊張しているよ」

絶対嘘よ！

思わずそう指摘したくなったけれど、なんとか堪える。

「俺と違ってリーゼ先生は経験豊富なのに緊張しているように見えるけど、どうしてかな？」

「……っ……そ、そんなことないわ」

まずい。クロードの経験の有無に付いて深く追及すれば、リーゼ自身も本当に経験があるのかと問われ、立場が危うくなる。

まだ謝罪していないのだ。未経験だと知られて追い出されるわけにはいかない。気になる……とても気になるけれど、追及を免れるためにはこれ以上深く詮索しない方がいいかもしれない。

な、なんだか、気まずいわ……。

何を言っても墓穴を掘るような気がして言葉が出せずにいると、メイドが飲み物を持ってきてくれたので、気まずい空気が少し和らいだ気がする。退室するメイドの背中に向かって、心の中で「ありがとう」と感謝の気持ちを送った。

「座ったら？」

「え、ええ、そうね」

クロードの隣に腰を下ろし、覗き窓の方に恐る恐る視線をやると、一つのベッドが見えてドキッとする。これからここで男女が行為を始めると意識したら、妙に生々しく感じる。

「リーゼ先生、何か飲む？」

「ええ、いただくわ」

目の前のテーブルにはワイン、林檎酒《りんごしゅ》、冷たい紅茶、オレンジジュースと色々ある。お酒は好きだけど、強くない。失態を犯さないように……と考えたら、紅茶かジュースを選ぶところだ。でも緊張を解すためには少し酔った方がいいかもしれない。

お酒にしようかしら……。

よく飲む機会があるのはワインなので、最近あまり飲んでいない林檎酒を選んで口にする。林檎の甘酸っぱい味とほんの少しだけお酒の味がふんわりと広がった。少し飲んだだけなのに、身体がぽかぽかしてきた。

羽織っていたショールを取り、畳んでソファの肘置きにかけておく
飲みすぎないように、気を付けなくては……グラスの半分程度の量が限界のリーゼにとっては、口の中を湿らせる程度に少しずつ飲むのが無難な飲み方だった。あまりにもゆっくりのた

め、傍目には全く減っていないように見えるものの、実は少しずつ減っているのだ。

そういえばクロードはお酒は強い方だろうか。ふと彼を見ると、ワインを選んで飲んでいた。

……あら？

「どうかした？」

「ワインが飲みたくなかったから、別のものを頼んだのではなかったのですか？」

リーゼの視線に気付いたらしいクロードが、首を傾《かし》げる。

「ああ、いや、キミが苦手だろうと思って」

「え、どうして？」

「いつもワインを貰っても極力飲まないようにしていたみたいだったから、嫌いなのかなって。その林檎酒も口に合わなかったかな？　別のものを持ってきて貰おうか」

「あ、いえ、違うんです。ワインも好きだし、この林檎酒も美味しいわ。私、お酒は好きだけど、あまり強くないんです。一気に飲むとすぐに酔ってしまうし、グラス半分くらいしか飲めないからゆっくり楽しんでいるだけなんですよ」

「あれ、そうだったんだ。てっきり苦手なのに、我慢して飲んでるんだと思ってた」

……あらら？

おかしい。教師として滞在するようになってから、クロードの前でワインを飲んでいない。

彼の前で飲んだことがあるとすれば、王宮で行われる夜会や舞踏会の場でだけだ。口を付ける回数とワインの残量がおかしいと計算できているということは、それなりの時間、リーゼを眺めていたことになる。しかもクロードは「いつも」と言った。

いつも私のことを見ていてくれたの？

思わずそう尋ねそうになったその時――覗き窓に下級兵士である青年と娼婦の姿が見えた。

青年は甲冑に質素なシャツとトラウザーズ姿、娼婦は胸元が大胆に開いたドレスに身を包んでいる。少しでも屈んだら、大きな胸が零れてしまいそうだ。

「……っ」

心臓が大きく跳ね上がり、口から出そうになった言葉が引っ込んだ。

ああ、ついに始まる……。

緊張のどきどき、それに加えて期待のどきどき……それは行為を楽しみにしているからではなくて、クロードが自分をいつも見ていてくれたのではないかということに対してだ。

嫌いな人間相手なら極力視界に入らないようにするだろうし、ましてや飲み物の好みなんて気にならないだろう。

ということは、やはりクロードはリーゼのことを嫌っていない？

『今日はよろしくお願いしますね』

『あ、ああ……』

娼婦がベッドに腰を下ろすと、青年もおどおどしながら隣に腰を下ろす。

『緊張していらっしゃるの？　逞《たくま》しいのに、可愛《かわい》いお方なのね。もしかして商売女を相手にするのは初めて？』

『いや、しかし誰かに見られながら……というのは初めてでな。緊張すると言うか、落ち着かない』

予想以上に声が聞こえてくる。小声で話されるとぼそぼそと何か話しているのだろう程度しかわからないけれど、普通の会話はほとんどと言っていいほど聞こえた。

『うふふ、そう？　私はむしろ興奮するけれど……』

娼婦は真っ赤な林檎のような唇で兵士の薄い唇を躊躇いもなく奪い、シャツのボタンを片手で外していく。逞しい胸板を露《あら》わにさせると、細い指で敏感な場所をくりくり弄り回し始める。すると彼の息がだんだん荒くなっていって、無骨な手で娼婦の豊かな胸を揉みしだく。

『ぁんっ……緊張は解《ほぐ》れたのかしら？』

『ああ、解れるどころか、お前の言う通り興奮してきた』

娼婦は赤い唇をにっこりと綻ばせると、自らドレスに手をかけて一糸纏《まと》わぬ姿になる。余分な脂肪は一切ない。折れてしまいそうなほど細い腰は、大きな胸をより引き立てている。

ロザリー以外の女性の身体を見るのは初めてだ。なんて綺麗な身体なんだろう。

それに比べて私は……。

頭の中でバスルームの鏡に映った自分の裸と彼女の裸を比べてしまい、リーゼは改めてクロードの前で素肌を晒したことを恥ずかしく思ってしまう。

クロードも彼女の身体を綺麗だと思っているだろうか。そう考えたらなんだかもやもやしてきて、授業中だということを忘れて両手で彼の目を塞ぎたくなる。

娼婦の美しい裸体を目の前にした兵士は、息を荒くしながら豊満な胸を揉みしだき、赤く熟れた尖りにしゃぶりついた。

『ぁあんっ！　あんっ……うふふ』

娼婦は大げさなほど腰をくねらせ、甘い喘ぎをあげる。

私もクーにああやって愛撫されていたの？

クロードの愛撫を思い出してしまい、リーゼは頬を燃え上がらせた。

お、思い出しちゃ駄目……っ！

けれどどんどん思い出してしまい、リーゼの顔はどんどん赤くなっていく。

娼婦は兵士から愛撫を受けながらも手を動かし、トラウザーズの前を寛がせて欲望を取り出した。

「……っ」

思わず両手で口を覆って目を逸らすと、クロードが覗き窓からリーゼに視線を移し、にっこり微笑んで首を傾げる。

「どうしたの？」

狼狽《ろうばい》するリーゼと違って、クロードは戸惑いや驚きといった感情を持っているようには見えない。むしろ自室で寛いでいるかのようにゆったりと落ち着いている。

未経験……ということになっている彼がこんなにも落ち着いているのだ。経験豊富ということになっているリーゼが取り乱すわけにはいかない。

「……っ……い、いえ……なんでもないわ」

落ち着くのよ、私……！

性行為なんて、呼吸をするのと同じくらい自然なことだという雰囲気を出さなくては……と林檎酒に口を付けながら、視線を再び覗き窓に向ける。すると娼婦が慣れた手付きで欲望を扱きあげ、兵士は娼婦の胸の先端をしゃぶりながら秘部を指で愛撫している刺激的な姿が視界に飛び込んできた。

「あっ……！」

動揺で手元が狂い、危なく林檎酒を零《こぼ》すところだった。

あ、危なかったわ。慎重に飲まないと……。

うっかり零さないように林檎酒を嗜《たしな》みながら、二人の情事を見守る。

演技に気を張って緊張しているからだろうか、なんだかくらくらしてきた……。でもリーゼの演技は完璧のはずだ。お酒を楽しみながら情事を観察するなんて、今の自分はさぞかし余裕に溢れた経験豊富な女性に見えることだろう。

すごいわ、私！　きっと今、すごく経験豊富な女性に見えているはずよ！

心の中で自画自賛していると、クロードがくすくす笑い出す。何か面白いことがあったのだろうか。いや、あるはずがなかった。目の前に広がっている光景は刺激的なものであり、笑える要素など全くない。何がおかしいのだろう。

気になってクロードの方をちらりと盗み見る。すると彼は覗き窓から見える二人の情事ではなくて、リーゼを見ていた。

「あ、の？」

クロードは自身の耳を突いてから、リーゼに顔を寄せる。どうやら耳を貸せということらしい。

彼が話しやすいように耳を傾けると、「顔が真っ赤だよ」と指摘され、リーゼは思わずグラスを落としそうになる。

彼が面白いと感じていたのは、リーゼのことだったらしい。余裕に溢れた経験豊富な女性を完璧に演じられていると思っていたけれど、そんな女性が顔を赤くしているわけがない。

「ち、違っ……これはっ……！」

焦りのあまり大きな声を出してしまうと、クロードが自身の口元に人差し指を立てて近付け、静かにという合図を送ってくる。

「大きな声を出すと、向こうに聞こえてしまうよ」

「……っ……あ……ご、ごめんなさい」

リーゼが大きな声を出したせいで、行為の邪魔になっていないだろうか……。

恐る恐る覗き窓の方に視線を戻すと、彼らは楽しそうに笑みを浮かべていた。

『うふ、私たち本当に見られているのね。あなたに可愛がって貰って、こんなに感じて尖った私の乳首やびしょ濡れになったここも、あなたのこんなに大きくなった逞しいペニスも、みんなみんな見られているのね。やだ、興奮してまた濡《ぬ》れてきちゃった……』

『ああ、俺もだ。初めは人に見られながらなんて落ち着かないと思ってたが、やってみると案外いいものだな……。変な性癖に目覚めそうだ』

兵士は『そうだ。こうしたらもっと向こうに見えるだろう』と覗き窓の正面に向かって座り直し、自身の上に娼婦を座らせ、彼女の足を大きく広げさせて秘部を露わにさせる。赤く充血したそこは蜜に濡れそぼり、部屋の照明光を受けててらてらと隠微に光っていた。

兵士はこちらに見せつけるように娼婦の秘部を弄り始め、彼女は大げさなぐらい大きな喘ぎ声を上げる。

「……っ……」

邪魔どころか、興奮に火を付ける結果となったらしい。

動揺してまたグラスを落としそうになり、テーブルの上に置いた。割って大きな音を出しては大変だ。

しかしふとグラスを見ると、空に近かった。

え……!?

余裕が見える女性を演じることに徹していたため、いつの間にか飲み干してしまっていたらしい。くらくらしていたのは緊張していたからではなく、単に酔っていたからだったようだ。

いつもはグラス半分が限界値なのに、それ以上を飲んでしまった。

どうしよう……。

お酒に深く酔うと笑ったり、泣いたり、人に絡んでしまったりなどする場合があると聞いたリーゼは、頭がふわふわしてきて少しだけ酔ってきたかな？　という程度で止めることにしている。それが大体いつもグラスの半分程度だった。それ以上の量を飲むなんて初めてのことだ。

……とんでもない失態を犯しそうな気がする。

今日の授業は兵士と娼婦の行為が終わるまでということで、時間制限を設けていない。後どれくらいで終わるかなんて全く予想ができない。お酒が身体に回りきる前に、なんとか退室できないだろうか。

そんなことを考えている間にも酔いが回ってきて、次第に何も考えられなくなっていく。

覗き窓の向こうで行われている情事を眺めていると、リーゼは先ほど以上にクロードの愛撫《あいぶ》を思い出してしまい、身体の奥が熱くなる。

考えては駄目……！

必死に別のことを考えようとしても、クロードの舌や指の感覚を思い出してしまう。するとクロードがまた耳元に顔を寄せ、

「ますます顔が赤くなってきてるね」

と意地悪な声音で囁く。

「もしかして、二人の情事を見て欲情してきちゃった？」

「ち、違……」

小声で否定したつもりが予想以上に大きな声だったので驚き、リーゼは思わず自身の口を両手で塞ぐ。お酒のせいで声量の調節も上手《うま》くいかないらしい。

「本当に？」

こくりと頷《うなず》くと、クロードが手を太腿《ふともも》に置いてくる。ドレスとパニエ越しでも彼の熱がじんわりと伝わってくる。そのまま撫でられると肌と布が擦れて、肌が粟立《あわだ》つ。

「ん……っ」

身体が熱い……。

無意識のうちに足と足を擦り合わせてしまうと、花びらの間が潤んでいることに気付く。

「じゃあ、どうして顔が赤いの？」

「そ、れは……お酒のせいで……」

大きな声を出さないように、口元を押さえながらそう答えた。

「へえ、そうなんだ。じゃあ、リーゼ先生が嘘《うそ》を吐いていないかどうか試してみようか」

「え？　……っ……あ……」

太腿を撫でていたクロードの手がドレスの中に潜り込んできて、どんどん付け根を目指してきた。このままだと濡れているのが暴かれてしまうと足と足の間に力を入れる。でも熱くなった身体にはそこまで力が入らない。

クロードの手は当然そんな弱弱しい抵抗などいとも簡単に突破し、あっという間に終着点へ到達した。

「……っ……ん……！」

長い指がドロワーズ越しに、花びらの間へ潜り込んでくる。少し触れられただけでくちゅっと粘着質な音が聞こえてきて、頬《ほお》が燃え上がる。

「じゃあ、どうして濡れてるの？」

クロードは真っ赤になったリーゼの耳に口付けながら、指を上下に動かす。大きく聞こえていた娼婦の喘ぎ声が遠くなって、自身の水音が大きく聞こえるようだ。

「や……っ……だ、だめ……」

たっぷりの蜜はドロワーズを通り越し、クロードの指までも濡らした。

「欲情しないと、濡れないよね？」

「……っ……ん……ぁっ……」

秘部から聞こえる水音に、『なんて淫らな女なんだ』と責められているみたいだ。最も敏感な蕾《つぼみ》の周りに触れられると、お腹の奥が意地悪しないでと懇願するように切なく疼く。

覗き窓の向こうでは、兵士がこちらへ見せつけるように娼婦を愛撫し続けていた。クロードから与えられる刺激で瞳が潤み、彼らの姿がぼやけて映る。

ああ、頭までもぼやけてきて、難しいことが考えられなくなってきた。

「娼婦を自分に置き換えて、自分が兵士に弄られる想像でもしちゃったのかな?」

違う、違うの……。

リーゼは首を左右に振り、必死に否定する。

自分の限界を超えたお酒の量を飲んだせいか、自分で自分が何をするのか、何を口走るのか全く予測できない。頭を振ったせいか、なおさら酔いが回った気がする。

このまま愛しい人に与えられる刺激を受け入れ、ただひたすら気持ちよくなっていたい。

「じゃあ、どうしてこんなことになっているの?」

クロードの指がほんのわずかだけ、敏感な蕾に触れた。

切ない……ああ、なんて切ないんだろう。

切なくて、深緑色の瞳だけではなく、興奮して真っ赤に色付いた膣口からも涙が溢れる。ピンと張っていたはずの理性の糸が身体の熱とお酒に焼かれて、ぷつんと切れた。

リーゼの様子が変わったことに気付いたクロードが、切れ長の瞳を丸くする。

「リーゼ？」

小さな声で、名前を呼ばれた。そうだ小さい声を出さないといけないんだ。

あれ？　でもどうして？

……ああ、そうだ。困ったことになるからだ。困るのはよくない。リーゼは耳元にクロードの耳元に唇を寄せ、

「もう、意地悪、しないで……」

と小さな声で懇願した。

クロードの耳が赤くなったことに、視界がぼやけているリーゼは気付いていない。

「他の人に触れる想像なんてしてない。クーに触られたことを思い出したら、こんな風になっちゃったの。酷いこと言わないで……」

理性と一緒に思考もとろけた。

とろとろ、とろとろ……とろけて残ったのは、クロードに変な勘違いをしてほしくない――ということだけだ。

耳を押さえ、クロードは弾かれるようにリーゼから離れる。

「……っ……急にどうしたの？　呼び方が元に戻ってるよ。リーゼ先生」

「どうして私のこと、先生なんて呼ぶの？」

「俺のこと、からかってる？」

「からかってなんていないわ。からかってるのはクーの方で……あ……違う、違うわ。私、そうよね、先生……だったかしら」

ああ、駄目だ。頭がぼんやりして、深く考えられない。

真っ赤な顔でくたりと力が入らない様子のリーゼを見て、クロードは今まで彼女が飲んでいたグラスが空に近いことに気付いた。

「飲めても半分が限界って言ってたよね？　もしかして相当酔ってる？」

そう聞かれても、こんなに飲むのは初めてのことだ。よくわからない。とろけた瞳で見かえしたのをクロードは肯定と取ったようだ。

「狼を目の前にしてそんなに酔うなんて馬鹿だね」

形の良い唇を意地悪に吊り上げたクロードは、リーゼの唇を深く奪いながらドレスを乱す。

「んっ……んんぅ……っ」

巧みな動きをするクロードの舌からは、ワインの味がしてますます頭がぼんやりする。汗ばんだ胸元をスゥッと涼しい空気が撫でる。コルセットのホックを外されそうになり、リーゼは首を左右に振りながら彼のその手を掴《つか》んだ。

「や……だめ……」

「触られたくないって言っても遅いよ。可愛いことを言うリーゼがいけないんだから」

「違うの……身体、見られたくな……」

「へえ、見られなければ触られてもいいんだ？」

コルセットの上から胸の先端をぎゅっと押され、リーゼは小さく喘ぎながらも頷いた。

「酔っぱらって、質問の意味を理解できてないでしょ？」

「で、できてる……触られるのはいいの。恥ずかしいけど、いいの……」

予想していた答えと違う答えが返ってきたことに驚いたのか、クロードは青い瞳を丸くしてリーゼの顔を見る。

「私、あの人みたいに綺麗じゃないから、クーに見られたくない……」

クロードはまた瞳を丸くし、リーゼの首元に顔を埋めると大きなため息を吐いて小さく呟いた。

「そんなこと言われたら、今すぐ全部奪いたくなる。酔いが覚めたキミに人でなしってなじられても、大嫌いって言われても、全部奪い尽くしたくなるよ」

「え？　クー……今、なんて言ったの？」

「いや、なんでもないよ」

クロードが口元を綻ばせる。柔らかくて、昔みたいな微笑みだ。その表情に見惚《みと》れていると、彼の指がまたコルセットのホックにかかった。リーゼがそのことに気付いたのはホックが二つほど外された時だ。

「あっ！　や……っ……クー止めて……っ」

「リーゼの身体は綺麗だよ。ずっと見たくて堪らなかったんだ。ようやく見られるのに意地悪しないで」

意地悪？　私が？

「意地悪なのはクーの方だもの……」

ほらその証拠に、嫌だって言っても、コルセットのホックをどんどん外している。

「意地悪なんかじゃないよ。お願い、リーゼの可愛い身体を見せて？」

真っ赤になった耳朶にちゅっと口付けしながら甘い声音でお願いされると、どんな要求でも呑んでしまいそうだ。

それはきっと、理性が利いていたとしても——。

「比べない？　がっかりしない？」

「正直言うと、どうしても比べちゃうかな。リーゼの身体の方がこんなに魅力的なんだよって意味でね」

コルセットのホックを最後まで外され、ミルク色の豊かな胸が露わになる。

「ぁ……」

「ほら、こんなに綺麗だ」

クロードはミルク色の双丘を揉《も》みしだきながら、まだ尖《とが》りきってない先端に吸い付く。

上唇とした唇で乳輪をふにゅふにゅと食《は》むように刺激し、舌先で小さな小さな先端をくすぐ

られると、あっという間に淫らな形に変貌を遂げる。

「んっ……ぁ……はんっ……ぁ……あぁ……っ……」

とろけそうになる瞼《まぶた》を開くと、覗き窓の向こうで兵士が娼婦を四つん這いにして挿入しようとしているところだった。

どうして他の人の情事を窓から眺めているのだろう。

――ああ、そうだわ。授業、そう、授業をしているのだったわ。

「クー……窓の向こう、見ないと……授業……」

「嫌だよ。他の誰かの情事なんて見たくもない」

「でも……あっ……」

クロードにそのまま押し倒され、リーゼの視界に映るのは淫らな光景ではなくて、愛しい人の余裕のない顔だった。

「リーゼの目に他の男の性器が映るのも、愛撫を見るのも嫌だ。俺だけを見ていて」

クロードはリーゼの胸を可愛がりながら、ドロワーズの紐《ひも》を解いてずり下ろす。濡れて熱く火照った秘部を冷たい空気がひやりと撫でられると、肌がぶるりと粟立つ。

「ぁ……クー……」

「駄目だよ。逃がしてあげない」

「で、も、声……出ちゃう……」

「大丈夫、俺が塞いでおいてあげる」

リーゼの唇を深く奪いながら、クロードはリーゼの花びらを形どるように指でなぞる。待ち望んでいた刺激が訪れ、リーゼは自然と彼が触りやすいように足を開いてしまう。

そこへ与えられる刺激に目覚めた蕾は、花びらの間で自分も撫《な》でてもらおうと主張するようにぷっくりと膨れ、今か今かと待ち望むようにひくひく疼《うず》いていた。

待ちきれずにそこへ誘導するように腰が動いてしまう。それに気付いたクロードは、リーゼの赤い唇に重なった唇を綻ばせ、たっぷりとすくいあげた蜜を指に纏わせ、そこを撫で回した。

ぷりぷりと数回転がされるだけで、リーゼは絶頂へ押し上げられた。

「んっ……んっ……んんん――……っ！」

膣口からどっと蜜が溢れ、リーゼの身体からくたりと力が抜ける。

『あんっ！　あんっ！　あぁんっ！　すごい……奥まで来てるのっ……！』

隣の部屋からぎしぎしとベッドが軋む音と共に、娼婦の大きな喘ぎ声が聞こえてくる。

「リーゼが声を出しても、隣の音にかき消されてたね」

クロードはくすっと笑うとリーゼの足の間に顔を埋め、まだ絶頂の余韻で痺れている蕾を舌で舐めしゃぶり始めた。

「あっ……！　ま、まだ……まだそこ、触っちゃだめ……っ……あぁんっ……！」

リーゼの甘い声は、娼婦の大げさなほどの喘ぎ声にかき消される。酔って理性をなくしてしまったとはいえ、大きな声を出してはいけないということだけは頭の片隅にあったものだから、自分の声がかき消されていると思うと安堵《あんど》する。

娼婦の喘ぎ声が聞こえる中――リーゼは何度も絶頂を迎え、指一本すら動かせずにいた。すると膣口の周りを指でなぞられるのがわかって、心臓が大きく跳ね上がった。

「あ……っ……クー、そ、そこ……だめ……怖いの……」

クロードはくすっと笑い、膣口に指を宛がったまま蕾をしゃぶる。

「ぁっ……」

舌の上でとろかされる刺激に悶えていると、指先がつぷりと入ってきた。初めての侵入者に驚く間もなく、蜜をたっぷりとまとった指は小さな膣道を通り抜ける。

「経験豊富なのに、指一本受け入れるのもやっとなんてありえないよ」

「や……っ……んんっ……」

「騙せると思ってたなんて可愛いね。兄上に何を言われて大嫌いな俺にこんなことをされるのを承諾したのかは知らないけれど、俺は騙《だま》されたふりをしてでもキミを手に入れる機会を逃したりしない」

何を言っているの……？

クロードが何か言っているのはわかるけど、頭がぼんやりして言葉の意味を噛み砕いて理解することができない。

中に入った指が、ゆっくりと抽挿を繰り返し始める。

「ぁ……っ……あぁ……」

酔っているせい？　それとも巧みな愛撫を受けて身体がとろけているせい？　本来なら何か入っているはずがない異物感はあっても、拒絶するような痛みは感じない。

リーゼの表情を見てそのことを感じ取ったらしいクロードは、指を引き抜くことなくそのまゆっくりと中を探るように動かし始める。

指を引かれると肌が粟立ち、再び中に埋められると慣れない圧迫感で眉間にしわが寄った。

「……っ……ん……ぁ……」

中に力が入りそうになると、敏感な蕾を挟み込んだ唇を小刻みに揺らされて力が抜ける。足の間からぬぷ、ぬぷ、と淫らな音が聞こえてきて、その音が鼓膜を震わせるたびに愛《いと》おしい人が自分の身体に淫らなことをしているのだと自覚させられて身体が熱くなった。

「あっ……ひぅっ……んっ……んっ……」

リーゼがだんだん中に入っている指の存在に慣れてくるのに気付いたクロードは、抽挿を繰り返しながら指をくの字に曲げてお腹《なか》側を圧迫していく。

すると身体の奥から、じわじわと何かが湧きあがってくるのを感じる。

――これは、何……？

絶頂が近付いてきているのだろうか。でも敏感な蕾を可愛がられた時に感じる絶頂の予感とは少し違う。

「……っ……クー……わ、私……あっ……あぁ……っ……んっ……な、何か……きて……」

「うん、いいよ」

いいよって、何が？　ああ、何もわからない。身体の奥から何かが湧き上がってきて――もう溢れる。

「あぁ……！」

身体や秘肉を震わせながら、リーゼは絶頂に呑み込まれた。

ああ、なんて気持ちがいいの……。

絶頂に震える膣道から指を引き抜かれると、蜜がどっと溢れる。

頭がぼんやりして、身体が満足感に満たされていて――とても眠い。このまま眠ってしまえたら、どれだけ気持ちがいいだろう。リーゼが必死にまどろみと戦っていると、クロードが蜜まみれになった指を舐めながら身体を起こす。

「達《い》ったら眠くなっちゃった？　いいよ。俺が部屋まで運んであげる」

頬にちゅっと口付けされると、心まで満たされていく。

「ん……本当、に？」

「うん、その代わり約束してほしいことがあるんだけど……いい？」

「なぁに？」

「今後は俺の前以外で、絶対酒を飲みすぎないこと。リーゼの酔ったところ、誰にも見せたくないから。わかった？」

そんな簡単なことを守れば、このまま眠ってもいいの？

瞼《まぶた》をとろけさせながら、リーゼはこくりと頷いた。狭くなっていく視界の中で、クロードが満足そうに微笑んでいるのが見えた。

◆◇◆

兵士と娼婦の情事を眺める授業を終えた翌日――リーゼは激しい頭痛に襲われ、ベッドから起き上がることができずにいた。なんとか起き上がろうとしても身体が言うことを聞いてくれない。自分の限界を超えて飲みすぎてしまったせいだ。

昨日は気が付いたら限界量のグラス半分以上を飲んでいて……ああ、それからのことは断片的にしか思い出せない。兵士と娼婦の情事を眺め、そのうちクロードに身体を可愛がられて、とても気持ちよかったことは覚えている。

多分、中に指を入れられたような――いや、多分というか、きっとそうだ。痛みはないけど、秘部にほんの少しだけ違和感が残っている。

彼との会話や、どうしてそんな流れになったのかは全く思い出せない。

中に指を入れられた時、経験がないのに気付かれなかっただろうか……。

考えても、考えても、やっぱり思い出せない。

「うう、どうして覚えていないの……」

今日の授業は夕方から——いよいよ今日は最後まで行う予定だった。それまでになんとか回復しなければ……。

眠っていれば、きっとよくなる……わよね？

日差しから逃げるように天蓋のカーテンを閉じ、朝食を断って睡眠を取ることにした。眠りと夢の世界を行ったり来たりして一時間ほどが経った時、部屋の扉をノックする音が聞こえた。

「は、い……」

誰だろう……。

返事はしたものの、起き上がるのに時間がかかる。

「失礼するわね」

扉を開ける音がしたすぐ後に、美しい声が聞こえてきた。アメリアの声だ。慌てて飛び起きると、頭により強い痛みが走り涙目になった。

「も、申し訳ございません……」

カーテンに手をかけるものの、ナイトドレスのままだし、髪も梳《す》いていない。王妃の前にこんなみっともない恰好《かっこう》のまま出ていくことなんてできない。

カーテンに手をかけたまま固まっていると、リーゼの気持ちを察したのか「私に構わず、そのまま横になっていて」とアメリアが声をかけてくれる。

「お休み中ごめんなさいね。朝食を摂れずに休んでいると聞いたものだから心配で……お加減はいかがかしら？」

とても心配そうな声だ。

お酒のせいで具合が悪くて起き上がれない、とはさすがに言えなかった。

「ご心配をおかけして申し訳ございません。大丈夫です」

「医師を呼んだからすぐに来るわ。もう少しだけ待っていてね」

「あっ！　いえ、本当に違うんです」

お酒が残っていて起きられないだけなのに、少し怠くて起きられなかっただけで、病気ではないから医師に診て貰わなくても大丈夫だと必死で訴える。

「急に環境が変わって、疲れが出たのかもしれないわね。私も嫁いできてすぐに熱を出して、エルヴェ様を心配させたものだわ」

心配して貰えば貰うほどに、罪悪感が大きくなっていく。

うう、アメリア様、ごめんなさい……。

「申し訳ございません。授業には差支えがないようにしますので」

「いえ、今日はお休みにしましょう」

「あっ、いえ、起き上がれないと言っても、伝染病といった類ではなく……」

「ああ、そうではないのよ。エルヴェ様も私も焦って早く、早くと急かし過ぎていたわ。今まで頑《かたく》なに性教育を拒んでいたけれど、あなたが教師になってからは、真面目に取り組んでいらっしゃるし、少しゆとりを持ってもいいと思うの」

結果リーゼの心にも身体にも負担をかけてしまって申し訳がないと、アメリアは心から謝罪してきた。

ああ、ますます罪悪感を感じる。

お酒で失敗すると後が怖いとよく聞いて自分の限界量を越える飲み方は絶対にしないと誓っていたけれど、こういった形になるとは思ってもみなかった。

怖い！　本当に怖いわ！

「リーゼさん、本当にごめんなさいね。今まではこちらが教師を用意して油断したところで、教師を懐柔して授業を受けない方向へ上手く持って行ったり、強引に事を運ぼうとする教師相手では上手く逃げられたりして気が張っていたの。でも、この調子ならもう大丈夫そうだし、ようやく妃《きさき》を迎えさせられるとエルヴェ様もお喜びだったわ」

「……っ」

妃――。

そう、いつかクロードは妃を迎える。

その準備のためにリーゼは教師となったのだ。わかってることなのに聞かされると、胸が潰されそうに痛む。

「リーゼさん？」

「……え？　あっ……は、はい！」

何か尋ねられていたのだろうか。胸の痛みに気を取られて、聞き逃したのかもしれない。

「本調子じゃないのに突然訪ねてきてしまった上に、長話をしてごめんなさいね。今日は何もかも忘れてゆっくり休んでちょうだい。何か欲しいものがあったら遠慮なく仰《おつしや》ってね」

「はい、ありがとうございます。明日からまた頑張ります……」

……と、性教育を頑張るだなんて、はしたない発言だったかしら……。

「あ、そうだわ。今日の授業終わりにクロード王子から直接伝えるはずだけど、なくなったのですものね。明日から一週間、クロード王子は城を留守にすることになっているから授業はお休みになるわ」

友好条約を結んでいる大国、プレナイトとの会合があり、クロードはエルヴェの補佐に付くそうだ。

「じゃあ、私はこれで」

小さな足音が遠ざかって行って、扉が閉まる音が聞こえた瞬間脱力し、リーゼはぽふりとベッドに横たわった。

失態を重ねすぎて自分で自分が情けなくなる。

クロードに女性経験があるのは明白――そうでなければ女性の身体を前にしてあんな余裕な態度はできないだろうし、あんな巧みな愛撫は絶対に無理だ。

追及すれば自分が未経験だということに結びつく流れになりそうでできないけれど、どうして彼は未経験だと嘘を吐くのだろう。

誰としたのかしら……恋人？　そうよね。恋人とって考えた方が自然よね。

一体いつ？　昔の話だろうか。それとも今現在も付き合っている人が……？

嫉妬の炎で胸が焼け焦げそうになる。ただの教師と生徒、その前はただの友人だった。しかもリーゼは彼を傷付け、その友人関係を壊した。

リーゼに嫉妬する資格なんて、これっぽっちもない。

何を考えているの、私……。

リーゼが考えなければいけないことは、第三者に聞かれても二人が顔見知りだと知られないようなクロードへの謝罪の言葉だ。

妙な考えを一掃させようと首を左右に振ったら、頭痛が酷くなって悶絶する。

ようやく頭痛が収まったのは、夜になってからだった。少し長めに入浴して、汗を出したおかげで酒気が抜けたのかもしれない。でも身体が怠くて何かをするという気にはなれず、重い頭では納得できるような謝罪の言葉を考え生み出すことはできなかった。小さくため息を吐いていると、部屋の扉をノックされた。

「はい？」

入ってきたのはメイドだった。

「失礼致します。リーゼ様、ご気分は落ち着かれましたか？」

たくさんの人に迷惑をかけてしまった。リーゼは今後絶対にお酒は飲みすぎない……という よりも、社交の場で失礼に当たらない程度には飲むけれど、嗜好としては絶対に飲まないこと を心に誓った。

……なんだか誰かとも約束をした気がするのだけど、いつだったかしら。

「もうすっかり。心配と迷惑をかけてごめんなさい」

「いいえ、とんでもございません。今夜は大事を取って早めにお休み下さいね」

「ええ、そうするわ。色々ありがとう、おやすみなさい」

これ以上考えていても、良い考えは浮かばない気がする。メイドに言われた通り、少し早め に休んで、明日早起きして考えることにしよう。彼女が出て行くのを見届け、ベッドサイドの テーブルに置いたランプだけを残して全ての灯りを消す。

あら……？

するとカーテンの隙間から、淡い光が漏れていることに気付いた。そっと開くと、見事な満 月が夜空を照らしている。

「綺麗……」

カーテンで隠してしまうのは勿体《もったい》ない。リーゼはカーテンをそのままにしてベッドへ向かい、最後のランプを消して横になった。

今日はこのままにして寝よう。

目を閉じても月明かりをぼんやりと感じられて、なんだか暗く淀んだ心の中まで照らされているような気分になれた。

クーもこの月を見たかしら。もう眠ってるかしら。明日は何時に出立するのかしら……きっと早いわよね。

そんなことを考えていたらやがて微睡みが下りてきて、いつの間にか夢の世界へ旅立っていた。

◆◇◆

ベッドの一部が、少しだけ沈んだ気がした。

髪を優しく撫でられ、頬を何かで包まれる――これは手？　ああ、そうだ。大きくて、ゴツゴツしていて、温かくて、とても優しい手だ。

この手はもしかして……。

重たい瞼をぼんやりと開くと、月明かりを浴びたクロードの姿があった。

「クー……？」

その姿はまるで宗教画のようだ。髪の毛一本一本まで美しさが洗練されていて、尊くて、見ていると切なくて涙が出そうになる。

「ああ、起こしちゃったね。こんな時間にごめん。……というか、勝手に入ってきてごめん、だね。夜這いに来たわけじゃないから警戒しないで。具合はどうかな？」

「ええ、大丈夫よ……」

「そっか、よかった。義姉《あね》上からは心配ないし、レディは具合が悪い姿を男性に見られたくないものだから行かないようにって言われてたんだけど、どうしても気になってね。……でも我慢できないなら、行ってもリーゼがいいよって言ってくれるまでカーテン越しに話しなさいって言われてたんだけど、カーテンが開いてたからさ」

心配して、来てくれたのね……。

ああ、なんて自分に都合の良い夢を見ているのだろう。

「あのね、病気とかじゃないの。アメリア様や他の人には心配してもらい過ぎて言えなかったのだけど、私、昨日お酒を自分の限界量を越えて飲んでしまって……それで頭が痛くて起きられなかっただけなの。だからもう大丈夫よ」

「すごい酔ってたけど、一杯しか飲んでなかったよね？　それで翌日まで響くってことは、リーゼは極端に弱い体質なのかもしれないね」

クロードはリーゼの頬を優しく髪を撫でながら、穏やかな声音で話しかけてくれる。愛しさが込み上げてきて、涙が出そうになる。

夢の中でなら、いいわよね……。

頬を撫でる彼の手を掴んで頬に持っていて、すりすりと擦り付けた。

「ふふ、猫みたいだね。そんな可愛いことされたら、襲いたくなっちゃうよ？　いいの？」

これはリーゼの夢――彼女の願望が、そう言わせているのだろうか。

リーゼはその問いかけに、こくりと頷く。

これは夢の中なのだ。意地を張る必要はない。むしろ少しでも彼に触れて貰いたい。彼の温《ぬく》もりが欲しい。

「後悔しても知らないよ？」

彼はちゅっと唇に触れるだけの口付けを落とす。リーゼが嫌がる素振りを見せずにいると、深く奪ってきた。

「ん……っ……んん……」

とろけそうなほど甘い口付け――ああ、夢であっても彼の口付けは巧みだ。口付けが上手くなるまで、どれだけ経験を積んだのだろう。何人の恋人と付き合ったのだろう。今も付き合っている人はいるのだろうか。

授業を受ける気になったのは、将来その人を妻に迎えるため……？

唇を離したクロードの綺麗《きれい》な顔をじっと見つめると、彼が首を傾《かし》げる。

「ん、リーゼ？」

「クーには付き合っている人がいるの？」

夢の中だと思うと、我慢が利かずについ聞いてしまった。

「…………大嫌いな俺に、どうしてそんなことを聞くの？　興味？」

「大嫌いなんかじゃないもの。はぐらかさないで教えて」

「付き合ってる人なんていないよ。でも好きな子はいる」

胸が苦しくて、息ができなくなりそうになる。

夢の中であっても、自分の思い通りばかりにはいかないらしい。

「そ、それは、誰なの？」

「誰だかわからない？」

「わかるはずないじゃない……」

泣きそうになったリーゼはクロードに背を向けて、枕に突っ伏す。

「……将来は、その人を妻にするの？」

「そうだね。拒まれても、絶対妻にするつもりだよ」

そんなに好きな人がいるのね……。

これは夢だ。実際のクロードが言ったわけではない――と、心の中で自分に言い聞かせても胸が苦しい。

「本当にわからない？」

「わからないって言っているじゃない！　そんなことで嘘を吐いてどうするのっ⁉」

ああ、なんて夢だろう。早く覚めて欲しい。

ついに涙が零れて、真っ白な枕に滲《にじ》みこんでいった。

しゃくりをあげてしまうと、クロードに気付かれたらしい。

「どうして泣くの？」

「知らない……」

「俺に好きな人がいるって聞いたから？」

夢の中なのに、感情的になってしまう。いや、夢の中だからこそ何も考えず、感情的になってしまうのかもしれない。

「そうだったらどうするって言うの？」

困るだけでしょう？

「嬉《うれ》しいよ。すごく嬉しい」

「え？　……っ……ぁ……」

クロードの手が身体とシーツの間にするりと潜り込んできて、ナイトドレスの上から胸をふにゅふにゅと揉み始めた。

「そんな聞き方をするってことは、そうだって思っていい？」

それは、どういう意味なの……？

胸の先端がナイトドレスをぷくりと押し上げ、彼はそれを人差し指の爪を使ってかりかりとくすぐる。

「あ……っ……ん、ん……」

「ねえ、どうなの？　そうだって思っていいのかな？　答えて、可愛《かわい》いリーゼ」

ぷくりと膨れた先端をナイトドレスの上からきゅっと抓《つま》まれると、身体が大きく跳ね上がった。

「ぁんっ……！」

ただでさえはっきりしていない頭の中が、もっとぼんやりしていく。

どうして好きな人がいるのに、私にこんなことをするの？　今は授業じゃないのよ？

――いや、これは夢なのだ。深く考える必要も、意地を張る必要もない。

リーゼが頷くと、クロードは口元を綻ばせ、ナイトドレスのボタンを外して手を潜り込ませ、直接胸を可愛がり始める。

「はぅっ……ぁ……あんっ……ん……っ……」

私、なんていやらしい夢を見ているの――。

身体の奥で火が生まれ、どんどん体中に燃え移って焼かれていくみたいだ。熱くて、熱くて、でももっと熱くなりたくて、さらなる火を求めている。

気持ち良くしてほしい、と自己主張するように尖った胸の先端が、彼の指に転がされる。そうすると、まだ触れられてもいない花びらの間に隠れている蕾が刺激を欲しがってむずむず疼き出す。

早く、早くここにも触れて——。

我慢できなくてお尻を揺らしてしまうと、クロードの大きな手が伸びてきてしっとり撫でてきた。

「ぁ……っ」

「下も触って欲しい?」

低く甘い声が、リーゼの鼓膜を通り越してもっと深い場所を揺らす。

頬を林檎《りんご》のように染め、リーゼはこくりと頭を頷かせる。

「いいよ。たくさん触ってあげる」

クロードはリーゼからドロワーズを引き下ろすと寝そべらせたまま立膝にし、お尻を突き出させた。ナイトドレスの裾をめくられると、お尻や秘部が露《あら》わになった。

ああ、なんて恥ずかしい恰好なの……。

羞恥心すらも興奮の材料に変わり、リーゼの身体をどんどん熱くしていく。

「可愛いお尻だね。月明かりなんかじゃなくて、もっと明るい場所でじっくり見たかったな」

ちゅっと口付けられると、くすぐったくてお尻が揺れる。

「ゃんっ！　く、くすぐったいわ……」

「ああ、ごめん、ごめん。今、気持ちよくしてあげるよ」

クロードはぺろりと舐めた無骨な指を、花びらの間にそっと差し込む。もう既に蜜で濡れていたそこは、指を受け入れるとくちゅっと粘着質な水音を響かせる。

「ん……っ」

「まだ濡れてないかなって思ってたけど、もうこんなに濡れてたんだね」

激しく疼いていた蕾を撫でられると待ち望んでいた甘い刺激が走って、お尻を支える膝がガクガク震える。

「ぁっ……はぅ……っ」

指の腹で円を描くようになぞられる。指が一周するごとに頭の中が真っ白になっていって、溢れた蜜が太腿にとろりと垂れた。

足元から快感がかけあがってきて、絶頂の予感に身体が――心が震える。

「リーゼ、もう達《い》きそう？」

リーゼが真っ白になりそうな頭をなんとか頷かせると、蕾をなぞる指の動きが止まった。

「え……っ……」

お腹の辺りにあった快感の波が、足元まで下がっていく。

どうして……。

切なさに身悶《みもだ》えすると、また指が動き出す。

「ぁっ……はんっ……はぅっ……んんっ……」

また絶頂の予感が近付いてくると、指が動きを止めた。それを何度も繰り返され、リーゼはお腹を空かせた赤ん坊のように泣きじゃくりそうになる。

「クー……どうして……っ……ぁっ……ぁんっ……」

「リーゼ、達《い》きたい？　達きたいのなら、リーゼが俺のことをどう思ってるか教えて？」

クロードはたっぷり蜜に濡れた膣口につぷりと中指を埋め、中の弱い場所を押しながら、親指で蕾《つぼみ》をくりくりと弄る。

「はぅ……っ……」

夢の中でなら――……。

「……っ……好き……」

他に好きな女性がいるのだから受け入れてもらえることはない。そんなことを言っても彼を困らせるだけ――そうわかっていてもすんなりと答えた。だってここは夢の中、リーゼの告白は本物のクロードには届かないし、困らせる心配もない。

「……ああ、夢みたいだよ。リーゼ」

背後から聞こえてきたクロードの声は、とても嬉しそうな声に聞こえた。

どうして困らないの？

ああ、夢だから、辻褄の合わないこともあるのだろう。

「リーゼ、今日は最後までリーゼが欲しいんだ……もう触れるだけじゃ我慢できない。一週間後なんて待てないんだ。リーゼの全てを今すぐ俺に頂戴？」

リーゼはこくりと頷き、そのお願いを素直に受け入れた。断る理由なんてない。リーゼだってクロードが欲しい。現実では授業という形以外では求められないのだから、夢の中でぐらい自分の欲求通りの行動をしよう。

「ありがとう。じゃあ、約束通り達かせてあげるね」

中と外の両方からクロードの指に快感を与えられ、リーゼは望んでいた絶頂へと押し上げられた。頭も身体も快感で痺れ、心地良い倦怠感に包まれる。下半身をなんとか支えていた膝に力が入らなくなり、指を引き抜かれると同時にへたりと崩れた。

夢の中なのに、どうしてこんなに強い感覚があるの……？

ぼんやりとそんなことを考えていると、「こっちを向いて？」と言われ、重たい頭を動かすと唇を奪われた。

「んっ……」

クロードは唇を奪いながらリーゼを仰向けにすると、足と足の間に身体を入れて閉じられないようにし、絶頂の余韻でひくついている膣口に再び指を入れる。

「リーゼは初めてだし、ちゃんと慣らしておかないとね」

中を広げていくように指でくるくるかき混ぜられ、リーゼはびくびくと身悶えを繰り返す。

「ぁっ……んんっ……はぅ……」

夢の中のクロードは、リーゼが初めてだと知っているらしい。自分が純潔だということに気付かれないか常に不安を抱えている彼女の気持ちが反映されているのだろう。

膣口にもう一本を宛がわれるのがわかった。

あ、もう一本、入ってくる……。

一本でもきついのに、もう一本なんて入れられたら痛みが走るのではないかと一瞬どきっとしたけれど、夢の中なのだから痛みはないだろうという考えに辿り着いた。

昔、主人公がナイフで刺され、最後は亡くなってしまうという結末の小説を読んだ時、あまりに衝撃を受けたのかその日の夜に夢を見た。自分が主人公となり、犯人に刺されてしまうのだ。ナイフはお腹に突き刺さり、たくさん血が出た。でも不思議と痛くなかった。

他の人はどうなのかはわからないけれど、リーゼは夢で痛みを感じないのだろう。

「入れるよ」

もう一本の指が、ゆっくりとリーゼの中に入ってくる。

「――……痛っ……え⁉」

中にわずかな痛みが走った。

え？　どうして？　どうして痛いの？

「やっぱり全く痛い思いをさせない……ってわけにはいかないね。ごめん」

心臓がどくん、どくん、と嫌な音を立て始める。

「……っ……あ……んんっ……はぅ……」

二本の指を中に収められると、じんわりと痛みが広がる。狭い膣道を広げるようにゆっくり抽挿を繰り返されると、ぼんやりしていた頭がはっきりしていく。

まさかこれは……。

「え？　嘘《うそ》……夢、じゃないの？」

「あれ、もしかして寝惚けてた？　うん、夢じゃないよ」

クロードは指の動きを休めない。混乱している間にもリーゼの膣口からはぐちゅ、ぐちゅ、と淫らな水音が響いていた。

え……？　嘘……いえ、そうよ。どうして私、夢だなんて思っていたの⁉

冷静に考えたらわかることなのに、どうして夢だなんて思ったのだろう。こんなにもはっきりした刺激に快感――夢のわけがない。

リーゼはとろけていた深緑色の瞳を大きく見開き、頰《ほお》を燃え上がらせる。

あの告白や恥ずかしい言動を、全て現実のクロードに見られ、聞かれてしまったなんて――。

そしてすぐに先ほどのクロードの発言を思い出すと、熱くなった身体が一気に氷水に落とされたようにひやりと冷たくなった。


『付き合ってる人なんていないよ。でも好きな子はいる』

『そうだね。拒まれても、絶対妻にするつもりだよ』


クロードは好きな人がいると言った。どんなに拒まれたとしても絶対に妻にしたいと思っているほど好きな人なのだと――。

今は授業でもなんでもない。それなのにどうして？　それなのに彼は、どうしてリーゼを抱こうとしているのだろう。

もしかして、好きな人の代わりに……？

「す、好きな人のことを思って、私にこんなことをするの？」

頭の中がぐちゃぐちゃだ。

狼狽《ろうばい》しながらそう尋ねると、

「うん、そうだよ。好きだから抱きたいんだ」

目の前が真っ暗になった。

「……っ……や……嫌……！　こんなの嫌よ……っ……ゆ、指を抜いて……っ」

クロードに抱かれたかった。修道院へ行く前に思い出が欲しかった。でも好きな人の代わりに抱かれるなんてあんまりだ。

「リーゼ？　どうしたの？　落ちついて……」

「お、落ち着いてなんていられないわっ！　こんなのあんまりよ……！」

「俺に全てをくれるって言ってくれたのに？」

唇を奪われそうになり、リーゼは顔を背ける。

「寝惚けてるのに気付かないでこんなことしたから怒ってる？　俺のこと、嫌いになった？　ごめん、謝るよ」

こんな風に失恋するなら、好きだなんて告白したくなかった。

別に好きな人がいても、自分のことが好きなら抱かれてもいいって……私を好きな人の代わりにしてもいいと思ったの？　私が遊び人だって信じているから？　遊び人なら欲望をぶつけても構わないだろうって思ったの？

いや、でも彼はリーゼが初めてだと知っていた。

わからない。彼の気持ちがわからない。

でも確かなことが一つある。彼は別の人を想《おも》いながら、リーゼに触れているということだ。

こんなのあんまりよ……。

嫉妬や悲しみ——様々な気持ちが心の中で渦巻いて、身体中の血液が沸騰しそうだ。自分で自分の気持ちを抑えることができない。

「嫌いよ……っ」

「リーゼに嫌われたら生きていけない。どうしたら許してくれる？」

こんな時でも喜んでしまいそうになる自分が情けない。

嘘吐き……。

リーゼに嫌われたからって、あれほど頑なに結婚しないと決めていたのにも関わらず、積極的に結婚に向けて動こうとするほどの好きな人がいるクロードが、生きていけないわけがない。

「もう止めて……こういうことは好きな人とすべきだわ」

「俺のこと、好きって言ってくれたよね？」

「べ、別の人と勘違いしたのよっ！」

激情に呑み込まれたリーゼは、咄嗟《とっさ》に嘘を吐いていた。こんな嘘でも吐かなければ、罵倒して泣きじゃくってしまいそうだった。

「でも、クーって呼んでくれたよ」

「それは……その、ク……クー……クレマン様……そう、クレマン様だと勘違いしたの！」

咄嗟に出てきたのは、婚約者する予定のオクレールの名だった。彼は『クレマン』という名なのだから、彼を『クー』と呼んでいてもおかしくないはずだ。

「へえ……？」

するとクロードを取り巻く空気がぴりっと鋭くなり、怒りが生まれたのがわかった。怯《ひる》んでしまいそうだったけれど、リーゼは涙目になりながらも彼を睨む。

好きならなんでも許せると思っているの？　他の女性の代わりに抱かれても心が痛まないと思っているの⁉

「い、今は授業じゃないのだから、こんなことする理由はないわ。もう、離して……っ」

月明かりのおかげで、ランプを消していてもクロードの顔がはっきりと見える。

「すっかり弄《もてあそ》ばれちゃったよ。そう、奴と勘違いしたんだ？　おかしいと思った」

苦笑いを浮かべる彼のその表情は、湖で抱きしめられて拒絶した時の顔と同じだった。

どうして、そんな顔をするの？

「……っ」

弄ばれていたのは、私の方よ……。

そう思いながらも、言葉が出てこない。何か取り返しのつかないことをしたような、そんな気持ちになる。

何かがおかしい。でもその何かがわからない。冷静になればわかるような気がするけれど、感情が昂《たか》ぶっていて何から考えればいいのかわからない。

どくん、どくん、と心臓が嫌な音を立てる。その音に「落ちつけ」と警告されているみたいだ。

落ち着いたら、今とは別の答えが見えてくるの？

けれど中に入れられていた指を動かされると、動揺して何も考えられなくなる。

「ぁっ……！　ま、待って……」

「待たない。もう諦めて後悔するのはごめんだ」

諦めて後悔……？　一体、なんのこと？

「……っ……んぅ……！」

唇を塞がれて言葉を失い、舌を絡められて思考を失った。

クロードは狭い膣道《ちつ》を二本の指で慣らしながら口付けを続ける。いつもとは違う、苛立《いらだ》った、焦りがある荒々しい口付け——でもリーゼの身体の中に埋められた指の手付きはそれと反比例するように優しい。

焦ってこじ開けるのではなく、ようやく手に入れた宝物を愛でているのではないかと思うほど繊細な指使いで、痛みで引き攣っていた中が次第に解《ほぐ》れていくのを感じた。

三本目の指が膣口に宛がわれ、ゆっくりと中に埋め込まれていく。

「んぅ……っ」

二本目を入れた時はわずかに痛かったけれど、三本の指となると辛い痛みが走った。

こんなの無理よ……！

とろけていた身体に力が入る。三本目なんて絶対に入らないと思っていたのに、親指で敏感な蕾《つぼみ》を撫でられると力が抜けて、頭が少し真っ白になっていた隙に根元まで埋め込まれた。

「……っ……んー……！」

一瞬鋭い痛みが走り、やがてじんわりとした鈍痛に変わっていく。三本目を咥えた指はまた抽挿を繰り返し、リーゼの中を解した。身体に与えられる刺激や自分の身体の変化に戸惑うばかりで、冷静さを取り戻すことなどできない。

どれくらいの時間が経ったのだろう。中を十分に解し終えた指を引き抜かれた。指には蜜がねとりと絡み、少しでも動かしたら垂れてしまいそうだ。

同時に重なっていた唇が離れていく。長く重ねていた証拠というように唇は唾液で濡れ、二人の間には透明な糸が紡いでいた。月明かりに照らされてそれは銀色に光っているようにも見えてこんな時だというのに綺麗だと思えてしまう。

冷静にならないといけないと思っていたのに、頭の中はぼんやりと霞がかかった状態になっていて難しいことが全く考えられない。

クロードが身体を起こすと、伸びた銀の糸がぷつんと切れた。

ああ、切れてしまった……。

そんなことを考えていたら、衣擦れの音が聞こえてくる。その音の出所になんとなく目をやると、クロードが硬く反り立った自身をトラウザーズの中から取り出していたところだった。

赤黒く、凶器のような形をした欲望が月明かりに照らし出され、どくん——と、心臓が大きく跳ね上がる。

このままでは、最後までされてしまう。

クロードと身体だけでも結ばれたいと思っていた。それを思い出に修道院へ行こうとしていた。でもこんな形では結ばれるのは違うと——身体の距離は縮まっても、心の距離が大幅に開くような……いや、二度と戻れないほど壊れる気がする。

——壊したくない。壊すのは嫌だ。

「や……っ……嫌……っ！」

力の入らない身体をなんとか動かして、リーゼはベッドから起き上がろうとする。

身体を捩《よじ》ったところでよろけ、うつ伏せになったところでクロードに腰を掴まれ、先ほど愛《あい》撫《ぶ》してきた時と同じようにお尻を突き出すような格好にさせられた。

「クー……止めて……っ！」

「背を向けたって、事実は変わらない。今からキミを抱くのはクレマンでも、他の男でもない。俺だよ、リーゼ」

「や……っ……いやぁ……っ！」

クロードは膣口に欲望を宛がうと、やめてほしいと懇願するリーゼの気持ちを無視して奥へと押し込んでいく。

メリメリと、音が聞こえたみたいだった。

「――……っ……痛……！」

想像以上の痛み――純潔だと気付かれる前は痛みになんとか耐え、経験者だというふりをしようと思っていたけれど、甘い考えだった。こんなの平気な素振りをして耐えるなんて不可能だ。ぎゅっと目を瞑ると、目の前が真っ赤になる。指とは比べ物にならない大きさ、質量――あまりの痛みにこれ以上入れられないように腰を動かしても、クロードに掴まれているため逃げられない。

「や……っ……痛い……クー……痛い……っ」

「リーゼ、力を抜いて……そうすれば、少しは楽になれるはずだから……」

「……っ……お願い、もう許して……っ……」

涙をぼろぼろこぼしながら懇願しても、クロードは行為を止めようとはしてくれなかった。

「ぁう……っ……あっ……あぁ……っ……！」

こんな大きいものが、自分の中に収まるはずがない。そう思っていたのに、クロードはゆっくりと自身を埋めていく。

痛くて、お腹が膨れていって苦しい――。

極限まで火で熱した鉄の杭を埋められているような気分だ。ぎゅっとシーツを握りながら痛みに耐えていると、奥をぐぐっと押されるのがわかった。

「――……んぅ……」

「リーゼ、大丈夫？　全部入ったよ」

信じられない。あんなに大きなものが、自分の中に全て収まっただなんて――。

大丈夫なんかじゃない。一刻も早く抜いて欲しい。そう言いたいのに、言葉が出てこない。

リーゼが首を左右に振って大丈夫ではないことを訴えても、クロードは奥まで埋め込んだ欲望を抜いてくれようとはしなかった。

指を入れた時と同様に、クロードは自身を最後まで入れてからすぐには抽挿を始めなかった。狭い膣道に自身をなじませるためなのか、じっと黙っていてくれる。

どくん、どくん、どくん、とリーゼの中で鼓動の音が響く。それは自分の心臓の音なのか、一つになったクロードの心臓の音なのか――。

まだ中は熱いし、痛みがある。でも極限の痛みに到達すると、ゆっくりと鈍痛へ変わってきてそんなことを考える余裕ができてきた。

リーゼが慣れてきたことに気付いたのか、クロードはゆっくりと抽挿を始める。

「あぁ……っ……だ、だめ……っ……！　クー……だめ……っ……んんっ……！」

擦り付けられると傷口に塩を塗りたくられたように、せっかく鈍くなった痛みが戻ってきてしまう。

「やっ……いやっ……んんっ……あっ……あぁっ……」

クロードに揺さぶられるたびに豊かな胸が揺れ、掻《か》き出《だ》された蜜がシーツに垂れる。透明な

蜜は破瓜の証が混じり、真っ白なシーツを赤く染めた。

擦られているうちにだんだん麻痺してくるのか、また鋭い痛みは鈍痛へと変わっていく。そうしてるうちに彼の息遣いや、時折漏らす声に気を向けられるようになった。

「……っ……はぁ……ごめん、リーゼ……痛い思い……させて、ごめん……」

今まで自分が気持ちよくなることはあっても、クロードを気持ちよくさせることはなかった。自分の身体で彼が気持ちよくなっているのだと思ったら、彼を受け入れている中がきゅんと疼く。

でも彼はリーゼだと思って抱いていない。他の誰かを想ってリーゼを抱いているのだ。そう思うと切なくて、彼を受け入れている中以上に心が痛くなる。

腰の動きが徐々に激しくなり、やがてクロードは絶頂を迎えた。

終わった――。

それは行為だけでなく、別の何かも終わりを迎えたのだとリーゼは悟る。大切な何かを粉々に壊してしまった。

ぽろぽろ零れた涙が頬を伝い、シーツを濡らす。

「……っ……早く、抜いて……」

「どうして？」

「どうしてって、もう終わりじゃ……あっ……!?」

けれど行為が終わったと思ったのは、リーゼだけだったようだ。

精を放っても入ったままだった彼のものがだんだんと硬さを取り戻し始め、何度か抽挿を繰り返されると元の硬さを取り戻したのだ。

「終わりじゃないよ。まだ、足りない……」

「や……っ……クー……だめ……っ……あっ……あぅっ……や……いやぁ……っ！」

リーゼが意識を保てていたのは、クロードが四度目の絶頂を迎えるまでだった。

◆◇◆

純潔を奪われた翌日の朝、目を覚ますと汗や蜜でべとべとになっていたはずの肌はさらさらで、乱されたはずのナイトドレスはしっかり着ていた。

昨日のことは悪い夢だったのだろうかと身体を起こすと、秘部やお腹《なか》の奥が鈍く痛み、膣道にたっぷりと放たれた欲望の証が垂れる。

夢じゃなかった……。

行為の途中で意識を手放したこともあり、余計夢なのではないないかと思ったけれど現実だった。

どうしてこんなことになってしまったの——。

純潔を失ってから、一週間が経とうとしていた。今日の夜中にはエルヴェとアメリアと共にプレナイト国へ行っていたクロードが帰城する。

エルヴェとアメリアは、クロードとリーゼが授業外で男女の関係になったことは当然知らない。もし知っていたとしても彼に経験があることは知らないのだから、性交渉を問題なく行えるようになるまでの間、授業は続けることになるだろう。

一体、どんな顔をしてクーに会えばいいの……？

あれからクロードの顔を何度も思い出す。どうして彼はあんな傷付いた表情をしたのだろう。それにせっかく二人きりになれたのだから、昔のことを謝罪する絶好の機会だったのに……。

「はあ……」

何をしているのかしら、私は……。

そもそも、抱きしめてくれたクロードを突き飛ばさなければ、こんなことにはならなかったのだ。

後悔ばかりが浮かんで、他のことが全く考えられない。

ふと机の上を見ると、ロザリーから送られてきた手紙が置いたまま——実は一昨日手元に届いたものだけど、中身を見ると下向きの気持ちが余計下へ行きそうなので、申し訳がないと思いながらも開封できずにいるものだ。

そろそろ開封して、返事を送らないとね……。

小さくため息を吐いて顔を上げると、今日はとても良い天気だったことにようやく気付いた。

窓を開けると、薔薇《ばら》のいい香りが鼻をくすぐる。

「いい香り……」

そういえば庭にとても珍しい薔薇が咲いたと、今朝メイドが教えてくれた。

散歩でもして、少し気分転換をしようかしら……。

気分転換ができたら、何か思い浮かぶかもしれない。白いレースの日傘を持ち、長らく閉じこもっていた部屋を出て庭へ行くことにした。

長い廊下を歩いていると、曲がり角で黒い布がはみ出ているのに気付く。

あら……？

「今日はなんだかやる気が出ないわぁ……」

「エルヴェ様もクロード様もアメリア様もいらっしゃらないものねぇ……なんだか気が抜けちゃう。お三方がいらっしゃらないと、城が宝石が入っていない宝石箱みたいな状態に感じるわ」

「あははっ！　上手い例えじゃないっ！」

黒い布はメイドのスカートだったらしい。曲がり角の向こうで談笑する声が聞こえてくる。

ここを通ったら、気を使わせて会話の邪魔になるかもしれない。別の場所を通ろうか。

「もうすぐ宝石がもう一つ増えるわね」

宝石がもう一つ増える……？

もしやアメリアが懐妊したのだろうか。

「もう適齢期を迎えていらっしゃったし、いつかは必ず来るとわかっていたけれど、切ないわ。クロード様がご婚約されるだなんて……」

——え……？

身体中の血液が、一瞬にして氷水に変わったみたいだった。

「一生懸命働いている姿を見染められて好きになっていただいて、そして結婚……だなーんて妄想もできなくなるのね。悲しいわ」

クーが、婚約……？

「う、嘘！　え……クロード様がご婚約⁉　お相手はどなたなの？」

「あら、知らなかったの？　ああ、あなた発表の時、ちょうど用事でいなかったんですものね。ペルラン伯爵家のご令嬢ですって」

「ペルラン伯爵家のご令嬢って、今滞在されていらっしゃるリーゼ様？　噂《うわさ》が噂だったから嫌な感じのご令嬢かと思ってたけど、良い方よね。何かしたらお礼を言ってくださるし……」

「そうね、聞いていた印象と随分違うけど、クロード様とご婚約されるのはリーゼ様ではなくて、妹のロザリー様よ。王子なのよ？　遊び人と婚約されるはずがないじゃない。それにリーゼ様にはご婚約者がいらっしゃるし……」

頭の中が真っ白になって、その場で崩れ落ちそうになる。

クーが婚約？　ロザリーと……？

「え？　婚約式はまだじゃなかった？」

「細かいわねぇ～……。どうせするんだから、婚約してるのと一緒でしょ」

持っていた日傘を落としそうになり、慌てて掴《つか》んだ。音を出したら、立ち聞きしていたのが知られてしまう。落とさずに済んだけど、掴んだ日傘が揺らいで見える。いつの間にか涙が出ていたらしい。日傘は落とさなかったけれど、涙は落としてしまった。

「……っ」

来た道を足早に戻り、滞在させて貰っている部屋に飛び込んだ。扉を閉めた途端涙がぼろぼろ溢れ、前が見えなくなる。

いつかクロードが妃を迎えなければならないことはわかっていた。でもそれが妹のロザリーだなんて――。

行き場のない感情で心の中が淀んでいって、息ができない。汚くて濁った湖の中に放り投げられた魚のような気持ちだ。息ができなくて、水面まできて必死にぱくぱく口を動かす。

私はどこへ行けば、水面へ辿り着けるの……？

水が淀み過ぎていて、どちらが水面なのか底なのかわからない。太陽の光も月明かりも導いてくれないということは、底へ、底へと向かっているのだろうか。

最初に聞かされたのが、第三者でよかった。もしクロードの口から聞かされていたら、ロザリーの口から聞かされていたら、きっと……ううん、絶対に普通の顔ではいられなかった。

クーが好きだったのは、ロザリーだったのだわ……。

どのように知り合ったかはわからないけれど、リーゼの知らないところで出会い、仲を深めていたのだろう。

「遊び人と婚約するはずがない……」

私じゃないのに……。

髪や瞳の色が違っていたらよかったのに……。

せめて髪や瞳の色が違えば、ロザリーがリーゼの名を騙ったとしてもこんな噂が広がることはなかったはずだ。

「あ……」

後ろ向きの気持ちになっているからだろうか、嫌な想像に結び付いた。

クロードがリーゼならば性教育を受ける気になったのは……授業ではないのに抱いたのは、リーゼとロザリーが似ているから?

涙で歪んだ視界に、机に置いたままのロザリーの手紙が映った。

もしかして……。

心臓が嫌な音を立てる。リーゼはよろよろと机に向かい、ペーパーナイフで封を切った。

『いい加減にしてよ。どうしてお姉様が城に滞在するの？　そこに居るべきなのは私なの。お姉様が選ばれたなんて何かの間違いよ。すぐに交代して』

そういえば城に出発する前、ロザリーはしきりに城に行くべきなのは自分だと主張していた。あの時はただアメリアの話し相手という華々しい役目に憧れて、そしてクロードと接点を作りたいから駄々を捏ねているのだと思ったけれど、間違いだったのかもしれない。

ロザリーが城に来たがっていたのは、もうすでにクロードと結ばれていて、彼の元へ行きたかったから……？

第四章　初恋が叶った日

気が付いたら身の回りの物をまとめ、トランクに詰め込んでいた。

転びそうになった時に手を突き、頭を庇うように。顔に何かが飛んできた時、咄嗟に目を瞑るように、リーゼは自分の心を守るためにここを去ろうとしていた。

妹の婚約を祝ってあげられないなんて最低な姉だ。大切な人の婚約を祝ってあげられないなんて最低な人間だ。

姉として、人間として、祝えるようになるのが当たり前。考えを切り替えなければ──そう頭ではわかっていても、心が付いてきてくれない。

『一度引き受けておきながら、勝手に城を去る無礼をお許しください』と書き置きを残し、リーゼは部屋を後にした。

──この足で辻馬車を拾い、修道院を頼ろう。うんと遠くがいい。王都の噂など全く聞こえないくらい田舎がいい。

門を守る兵に当然止められるだろうけれど、「急用があり、家に戻らなくてはならなくなりました。通してください」と言えばなんとでもなるだろうと心配していなかったが――。

「お通しすることはできません。クロード様から自分の許可なしにはお通ししてはならないとの命を受けております。お戻りください」

リーゼが去ろうとしていることなど、お見通しだったようだ。

どうして……？

城から去るのを邪魔するのは、性教育を終了させせないとロザリーと結婚できないから？

クロードの考えていることがわからない。

「急用なんです！　お願いですから、通してください！」

はい、そうですか――だなんて、諦められない。食い下がっていると、肩を叩《たた》かれた。

「急用？　それは大変だ」

心臓がどくんと、大きな音を立てた。振り向くと、そこにはクロードが立っていた。

「クー……クロード王子、お帰りは夜中じゃ……」

「うん、天候が荒れそうだからって、早めに出立したから予定より大分早く帰られたんだ」

急用なんて嘘を吐いて罪悪感があるせいだろうか、にっこり微笑んでいるのにクロードの表情がどこか怒っているように見える。

「そ、そうですか。お帰りなさい……あの、急用があって、すぐに戻るので、一度家に帰りたいのですが……」

おどおどしていたら怪しまれる。毅然《きぜん》とした態度でお願いしようと思うのに、声が震える上に顔が見られない。

どんな急用なのか聞かれたら、なんて答えたらいいだろう。家族の急病？　いや、そんなことはすぐにばれてしまうだろうし、嘘でも家族を病気にはしたくない。

「すぐに馬車を用意させるよ」

「えっ……」

「どうかした？」

「あ、い、いえ、なんでもないです。ありがとうございます」

城の馬車に乗ったら、修道院へなんて行けない。どうしたら……と思ったけれど、一度家まで送って貰《もら》い、それから辻馬車を拾って遠くへ行けばいいのだと思い付いた。

もう、これでクロードに会うことは二度とないのだと思ったら、涙が出てきそうになる。

滲んだ涙を気付かれないように指で拭い、用意して貰った馬車に乗り込む。するとなぜかクロードまで乗り込んで隣に座ってきたものだから、リーゼは潤んだ瞳を大きく見開いた。

「えっ……!?　ど、どうして、クロード王子まで!?」

「何か問題でも？」

逆に聞き返されるとは思わなかった。問題大有りなのだけど、正直に言うわけにはいかない。

「い、え……問題は……」

「じゃあ、構わないね。さあ、行こうか」

ペルラン伯爵家に向けて、馬車が走り出す。

混乱してどうしてかと尋ねたけれど、すぐに答えは見つかった。

ロザリーと会いたいから……？

馬車の中はとても広いのに、狭い箱の中に押しこめられたかのように息苦しい。

「目が赤いけど、どうしたの？」

「あっ……い、いえ、なんでもないです」

鏡は見てくる余裕はなかったけれど、泣いたせいで目が赤くなってしまっているらしい。

「……そう、それで、急用って？」

「……そ、れは……その、……家庭の事情、なので、人には教えられないというか……」

我ながら上手い言い訳を考えられたわ……！

心の中で自画自賛していると、「いずれ家族になるとしても？」と尋ねられ、胸が苦しくなる。

やっぱりロザリーと婚約するのね……。

クロードの口からだけは聞きたくなかった。

「……今は言えません。家族になった時にお伝えします」

泣きそうになるのを堪え、そう答えて誤魔化す。家族になった時、リーゼはもう傍に居ないのだから今日の急用がなんだったのか、彼には一生伝えることはないだろう。

「一度家に帰って、すぐに戻るんだったね」

「はい」

「じゃあ、どうしてこんな書き置きをしているの？」

クロードが胸元のポケットから出したのは、リーゼが部屋に残した置き手紙だった。

「……っ……そ、れは……」

「急用なんて嘘だよね？」

背中に冷や汗が流れ、喉に何かを詰め込まれてしまったかのように言葉が出てこない。するとクロードがじりじりと間を詰めてくる。

一定の距離を守ろうと後退していると、背中に壁が当たる。いくら他の馬車と比べて広い車内だといっても、限度がある。

「家へ帰ったところで、城の者が連れ戻しにくる。そんなことがわからないリーゼじゃないよね？　行こうとしていたのは、本当に自分の家？」

本当の行き先に気付かれては、何か手を打たれて行けなくなるのではないだろうか。逃げ場をなくしてはクロードとロザリーが夫婦になるのを見守らなくてはならない。

世の中には好きな人が自分とは違う人と恋に落ち、結婚していくのを見ている人はたくさんいるだろう。何か自分には不可能だと思うようなことがある時、リーゼは他の人もできていることなのだから、自分にだってできるはずだと考えるようにして乗り越えてきた。

母が亡くなった時もそうだ。母を亡くした人は自分以外にもいる。その人たちと同じように自分も乗り越えられるはずだと考え、乗り越えることができた。

でもクロードに関しては、そうは思えない。乗り越えられる気がしない。乗り越える気力も湧いてこない。唯一頭に浮かんだのは、彼の姿が見えない場所へ逃げる――ということだった。

「俺との授業が嫌だから……俺に触れられるのが嫌だったから逃げようとしたの？」

顔を合わせないように俯《うつむ》いていたら、顎に手をかけられて持ち上げられる。きっと怖い顔をしているのだろうと思っていたのに、彼の顔はなぜか悲しそうだった。

どうしてそんな顔をするの？

ロザリーに嫌われたなら理解できる。でも相手はリーゼなのだ。悲しむ理由がわからない。

「嫌に決まっているわ。聞くまでもないでしょう？　どうしてそんなことを聞くの？」

さっき枯れるほど泣いたのに、泉のように涙が湧き出た。ぼろぼろ零れた涙はあっという間に頬を伝い、顎を掴むクロードの手を濡らす。

「……ごめん」

リーゼの悲しみが伝染したように、クロードの表情が先ほど以上に曇る。

「……っ……謝らなくていいわ。だからもう、放っておいて！　私、あなたとロザリーが一緒に居る姿を見たくないの……っ！」

「え？」

悲しみに揺れていた青い瞳が、きょとりと丸くなる。

「ロザリーって、キミの妹のロザリー？　個人的に会話したことはないはずだし、どうして見たくないのかはわからないけれど、リーゼが嫌なことはしたくないからこれからもそうするよ。そもそも一緒に居る必要性も感じないし……」

「え？　ど、どういうこと？　私に言われたからってロザリーを諦めるの……⁉」

「諦める？　なんのこと？」

待って、何かがおかしいわ。

ずっと何かが食い違っていると感じていた。けれどお互い感情が行動となり、話し合う機会がないままここまで来てしまったような気がする。

「まあ、そんなことしても、俺が嫌いなことには変わりないだろうけれど」

それはリーゼを？　いや、今の言い方だとリーゼがクロードを嫌い、という風にも取れる。

やっぱり、何かがおかしい気がする。

「それでも俺は諦められない」

クロードの顔が近付いてくる。

口付けの予感――嫌いな相手に、口付けをしようとする？　リーゼをロザリーの代わりにしていないのだとしたら、なおさら……。

真実を知るのは怖い。本当は食い違っていなかったとしたら？　自分が描いた最悪の想像があたっていたとしたら？

怖い……。

事実を知れないのはもどかしい。けれど最悪の想像に繋《つな》がることもあれば、逆に良い方向の想像へも持っていくことができる。でも真実を知った時、それが最悪の想像と同じだったら？　真実を知ることは、夢を見ることができなくなる――ということだ。リーゼは無意識のうちに心の中で秤《はかり》にかけ、事実を知らないようにしていたのかもしれない。

でも、そのことで、クロードをまた傷付けていたとしたら……？

リーゼが感情を荒げるたびに、リーゼが何かを言うたびに、彼は湖で拒絶された時と同じ、傷付いた顔をする。元々は昔のことを謝りたくてクロードの許へ行ったのに、どうしてまた彼を傷付けているのだろう。

真実が知りたい――。

クロードがどうして傷付いた顔をするのか、話し合えばわかるかもしれない。

どんなに傷付いたとしても、真実を知りたい――。

リーゼは勇気を出して、顎を掴んでいたクロードの右手を両手で握る。

クロードの手はあっさりと顎から離れた。いきなり手を掴まれるなんて思っていなかったらしい。リーゼは彼の手を握ったまま自分の膝におろし、動揺を隠しきれていない青い瞳を真《ま》っ直《す》ぐに見つめる。

「リーゼ？」

「正直に答えて。あなたの好きな人は……結婚したいと思っている相手は、私の妹のロザリーなの？」

クロードは答えを言う前に、青い瞳をきょとんと丸くする。彼の口から聞く前に答えがわかってしまった。

「いや、違うよ。どうしてそんな話に？」

変に入っていた身体の力が、どっと抜けた。立っていたとしたら、きっとその場にへたり込んでいただろう。

「メイドが話しているのを偶然聞いたの。ロザリーと婚約するって……それで私、あなたとロザリーが仲睦まじくしている姿なんて見たくないって嫉妬して……」

ああ、声が震える。

「ごめん、やめて」

「え？」

嫉妬されるのが、迷惑……ということ？

「そんな言い方されたら、リーゼが俺のことを好きなんじゃないかって勝手に勘違いして、勝手に舞い上がって、違うって気付いて勝手に傷付く……だから、止めて欲しいんだ」

　零れそうになった涙が、ぎりぎりのところで止まった。

「わ、私こそ、恥ずかしい勘違いをしそうになるわ。舞い上がるなんて言われたら、クーがまるで私のことを……す、す……す……その……好き、みたいじゃない？」

　なんて勘違い――口にしたことを後悔するほど恥ずかしい。

「……そうだよ。リーゼがいくら迷惑だって思っても、俺はリーゼのことが昔から好きなんだ。一度は諦めようと思ったけど駄目だった」

「そんなわけないだろう」と苦笑されると思ったのに、クロードがあっさり認めたものだから、リーゼは深緑色の瞳を丸くしたまま何も言うことができない。

「逃がしてあげようとしていたのに、手を掴まれて、昔みたいに名前を呼ばれたら、もう少しも我慢できなくなった。クレマンには渡さない。キミの純潔を奪ったのはクレマンじゃなくて俺だし、これからキミを花嫁にするのはクレマンじゃなくて俺だ。例えどんなに嫌われたとしても、俺は……」

　クーも、私を好き……？　今も？

「違う、違うわ……っ！　嫌いなんかじゃない！　私もずっと好きだったの……！」

「そう、どんなに嫌いなんかじゃなくても、俺は……え？」

　クロードの表情が思いつめていたものから、ぽかんとしたものに変わった。手に持っていたお菓子が急に忽然と姿を消してしまったような――という例えがぴったりなほど、ぽかんとしている。

「ずっと、ずっと好きだったの……。プレナイト国へ行く前の夜、クーが部屋に来てくれた時、クレマン様と勘違いしたなんて嘘……。湖でクーが抱きしめてくれた時、本当は嬉しかったの。嬉しかったのに恥ずかしくて……。クーからはいい香りがするのに、私はいっぱい汗かいてしまっていて……あ、汗の匂いがしたらどうしようって頭が真っ白になって、気が付いたら突き飛ばしてしまっていたの。ずっと謝りたくて……本当にごめんなさい……」

一つ告白したら、喉に詰まっていた何かが取れたみたいにすらすら言葉が出てきた。ああ、息継ぎする時間すらも惜しい。

「俺は急に抱きしめたりなんてしたから、嫌われたと思って……」

「違うの！　本当はすごくすごく嬉しかった。あの時に戻ることができたらって何度も後悔したわ……城であなたを見つけた時、自分の願望が見せた幻かと思ったくらい信じられなくて、嬉しかった。ずっと謝る機会を窺っていたの。でも目があっても逸らされてしまうものだから、やっぱり嫌われてしまったんだわって……自分であなたを傷付けておきながら、悲しくなっていたの」

「ごめん……リーゼがどんな目で俺を見ているのか想像したら怖くて、逸《そ》らしていたんだ……でも、そのうちリーゼから逸らすようになったよね？」

「ご、ごめんなさい。遊び人だって噂が流れるようになって、クーから軽蔑の眼差《まなざ》しを向けられるんじゃないかって思うと怖くて、逸らすようになったの……。あっ！　でも、違うの。私、遊び人なんかじゃ……」

狼狽しながら必死に否定しようとすると、クロードは「ちゃんとわかっているから大丈夫だよ」と言ってくれた。

「リーゼの純潔を奪ったのは俺だし、それに遊び人とは全く思えない授業だったし」

やはり知識をつけただけでは、駄目だったようだ。

「……というか、授業を受ける前からわかっていたよ。男の誘いに全く乗る様子がないどころか、むしろ避けて逃げ回っているようだったからね」

目が合わないようにしながらも、クロードはリーゼの姿をずっと目で追っていたのだと告白した。エルヴェが言っていたことは本当だったらしい。

「性教育の教師になるなんて承諾したのは何かの褒美目当てじゃなくて、もしかして俺に謝ろうと？」

「ご褒美なんていただくつもりはないわ。これが謝る最後のチャンスだと思って……でも、下心もあったわ」

「下心？」

後ろめたくて、クロードから視線を逸らしてしまう。

「クー以外の人と結婚するのはどうしても考えられなくて、クレマン様との婚約話を聞いた時に修道院へ行こうって決めていたの。だから万が一クーが抱いてくれたとしたら、一生の思い出になるって……その思い出を抱いていれば、この先何があっても生きていけるっていう下心もあったの」

幻滅、されただろうか……。

どくん、どくん、と心臓が嫌な音を立てる。

「そうだったんだ……」

嬉しそうな声音に聞こえた。恐る恐るクロードに視線を戻すと、彼は声から受けた印象通りの表情をしている。

その顔を見ているうちに胸の中がくすぐったくなって、思わずクロードの胸元に額を擦り付けた。手を握り返されていなかったら、きっと抱き付いて、背中に手を回していたかもしれない。

するとクロードの手が離れていく。

あ……。

急に甘えたりしたから、変に思われたのだろうか。

不安に思ったのはほんの一瞬――リーゼはクロードの逞《たくま》しい腕の中に閉じ込められた。

「夢みたいだ……」

ため息交じりの幸せそうな声に、胸の中がますますくすぐったくなる。

「私も……」

どちらからともなく唇を重ねそうになった時、馬車が止まった。どうやらペルラン伯爵邸に到着したらしい。いいところで邪魔が入ったと心から残念そうにするクロードを見て、リーゼは思わず笑ってしまった。

「急用だったよね。寄って行く?」

「い、意地悪言わないで。急用は嘘《うそ》よ。特に用事はないし、寄ってもロザリーが騒いできっと二人で落ち着けないと思うし止めておくわ」

「二人きりになりたいと思ってくれてるんだ?」

「……クーはそう思ってくれないの?」

尋ね返すと、クロードの頬《ほお》が少しだけ赤くなる。言葉にして貰えなくても彼の答えが伝わってきて嬉《うれ》しいリーゼは、気が付くと自らクロードの唇を奪っていた。

◆◇◆

城に戻るなりクロードはリーゼを自分の部屋へ連れて行き、すぐにベッドへ組み敷いた。

「ま、待って……クーの部屋に入るところを色んな人に見られてしまったわ。遊び人の噂がある私と一緒だなんて、あなたにまで悪い噂が……」

「婚約者と一緒に自室へ入っただけだ。部屋からどんな声が聞こえようと、全く問題ないはずだよ。それに遊び人だなんて不名誉な噂、俺がすぐに消すから安心して」

「そうよね。婚約者と一緒に……って、え？　こ、婚約者⁉　え？　誰と誰が？」

「俺とリーゼがだよ。正確に言うと、これから婚約……って話になるだろうけど」

「ど、どういうことなの？」

狼狽《ろうばい》していると、リーゼが自分にどんな感情を抱いていようともやはり諦められなかったクロードは、裏でリーゼとオクレール公爵の婚約が立ち消えるように手配し、自分と婚約する準備を整えていたそうだ。

王子が遊び人と婚約するはずがないという思い込みや、リーゼにはもうすでに婚約式を控えている相手がいるということで、リーゼではなく妹のロザリーと婚約するのだろうと間違った噂が流れたようだ。

「勝手なことをしてごめん。怒ってる？」

「他の人が相手なら修道院へまっしぐら間違いなしだけど、クーなら嬉しいわ」

広い背中に手を回して抱き付くと、クロードが安堵《あんど》した様子で深いため息を吐く。

「ありがとう、リーゼ……」

「でも、クーは一生結婚するつもりがなかったんじゃ……」

「あれ、どうしてそれを？　……ああ、兄上から聞いたのかな？　うん、そうだね。リーゼに会うまでは一生結婚するつもりはなかった。でもリーゼと仲良くなるうちにだんだん惹かれていって、自然と結婚したいと思うようになってた」

恋をすると世界や考え方が一変するんだね——とはにかむクロードが愛おしくて、胸の中が温かい感情でいっぱいになっていく。

「そうね。私の世界も一変したわ。お母様が亡くなった時、もう二度と幸せだって感じることはないって思っていたけど、私……今こんなにも幸せだもの」

綻んだ唇を奪われ、リーゼはそのまま後ろに倒れる。

真っ白いシーツの上でチョコレート色の髪が踊るように広がり、甘い香りがふわりと広がった。

「んん……っ……んぅ……」

クロードはリーゼの唇を貪るように奪いながら、余裕がない手付きでドレスを乱していく。

「ま、待って、クー……私、汗かいてるのっ……身体、綺麗にしてからじゃないと……」

「何年待ったと思ってるの？　もうお預けなんて無理だよ。リーゼは意地悪だね」

「意地悪じゃなくて綺麗にしないと、汗の匂いがしたら恥ずかしいもの……」

そう言っている間にドレスを脱がされ、リーゼはコルセットとドロワーズだけにさせられていた。コルセットは既にホックが半分以上外され、豊満な胸がほとんどこぼれてしまっている。

「そんなこと気にしなくても、リーゼはいつもいい匂いだよ。いつだって花みたいな甘い香りがして、蜜蜂みたいに寄っていきたくなる」

クロードが胸の谷間に顔を埋め、すんすん鼻を鳴らすものだから恥ずかしくて堪《たま》らない。顔を動かされると高い鼻が擦れてくすぐったい。

「やぁっ……だ、だめ……クー止めて……ぁっ……く、くすぐったい……」

くすぐったくて身悶《みもだ》えしているとコルセットの最後のホックを外され、胸がぷるんと弾けた。大きな手に包み込まれ、長い指が柔らかな胸に食い込むと身体に火が付く。

まだ燃え始めたばかり。全身に火が回る前ならまだ間に合う……。

身をよじらせて彼の下から抜け出そうとすると、淡く色付いた先端をキュッと抓《つま》まれる。

「ぁ……っ……」

ああ、もう駄目だ。

全身に火が回って、もう間に合わない。膨らみかけの胸の先端は、彼の指で弄られているうちに芯があるように硬くなって、どんどん敏感になっていく。

「リーゼのいい匂い、もっと嗅がせて」

「でも、恥ずかし……」

「恥ずかしがられると、なおのこと嗅ぎたくなっちゃうな」

「もう！　クーの意地悪……」

ドロワーズも脱がされ、広いベッドの端にくしゃりと追いやられる。彼は自身の服を乱暴に脱ぐと、ベッドの下に放り投げた。

逞しい胸板、割れた腹筋、そしてその下には興奮で充血した欲望が見える。大きくなるのは、リーゼを求めてくれる証拠だ。彼がこんなにも自分を求めてくれているのだと思うと嬉しくて、胸がきゅんとする。

「そんなにジッと見てどうしたの？」

「あっ……」

指摘されてまじまじと見ていたことにようやく気付き、リーゼはばつが悪そうに目を逸らす。愛し合っているのだから見ても問題ないのだろうけれど、なんとなくいけないことをしてしまった気がする。

「怖い？　直前まで隠しておいた方がいいかな？」

優しい彼らしい心遣いに、胸の中が温かくなる。

「怖くないわ。クーのだもの」

今まで男性に迫られた時やロザリーが情事を行う姿を目撃してしまった時に男性の欲望を見たことがあった。その時はただひたすら気持ち悪く感じたけれど、彼の欲望を見ても全くそんな気分にはならない。

「本当に？」

「怖い……というより、愛しいわ。だって、私を愛したいって思ってくれてるから、そうなるのよね？」

「うん、そうだよ。リーゼが欲しすぎて、こんなになってしまうんだ」

クロードは口元を綻ばせ、リーゼの膝を割ってそこへ顔を近付けてくる。

「あ……ま、待って……お風呂に入っていない時にそれはだめ……」

「でも舌で気持ちよくしてあげたいよ。だってこんなに可愛《かわい》いんだ。可愛いものにはキスしたくなってしまうだろう？」

「そ、そんなところ可愛くないわ……」

「可愛いよ。ほら、俺に触れて貰いたいってヒクヒクしてくれてる」

疼く蕾《つぼみ》を指で撫でられると、身体が大きく跳ねてしまう。

「ひぁっ……」

「ほら、こんなに可愛い。ねえ、リーゼ、キスしたいよ。駄目かな？」

「……っ……ぁ……だ、だめ……あ、洗ってからじゃないと……」

「そんなことしたら、こんなに溢れた美味しそうな蜜が流れちゃうよ。そんな勿体《もったい》ないことしたくないな」

クロードは唇を味わいながら、人差し指と中指の間にぷっくり膨れた蕾を挟み込み、上下に揺さぶる。

「――……っ……んんぅっ……！」

入浴させてほしい――と訴え続ける気力は、甘い快感を与えられているうちにしぼんでしまった。真新しいシーツはリーゼが快感を受けて身悶えを繰り返したせいでくしゃりと乱れ、溢れた蜜が滲《にじ》みている。

「キスしてもいい？」

唇を離したクロードは、真っ赤になったリーゼの耳元でそっと囁く。

興奮が恥じらいを上回ったリーゼがこくりと頷《うなず》くと、恍惚《こうこつ》とした表情をしたクロードが甘い蜜を垂らした秘部に顔を埋めた。

「可愛いよ、リーゼ……ずっとこうしたかった。キミが俺を求めてくれるなんて、本当に夢みたいだ……」

クロードは蜜をすすりながら、興奮で膨れた淫らな蕾を舌先で転がす。舌に捏ねくり回された蜜が淫らな音を立て、リーゼの羞恥心を煽る。

「あっ……あぁっ……んんっ……クー……音、立てちゃだめっ……」

そうお願いすると、クロードはますます音を立ててくる。

「ごめんね。俺、不器用だから、どうしても音が大きくなっちゃうんだ。ほら、こんな風に……」

少し意地悪な顔をしたクロードはそう言うと、ますます音を立てながら舐めてくる。

「ひゃぅっ……や……そんなの嘘……っ……あっ……あぁんっ……！」

嘘だ。絶対嘘だ。不器用ならこんなに巧みな舌の動きはできないはずだ。

クロードは快感で収縮を繰り返す蜜口に指を挿入し、中の弱い場所を同時に刺激してくる。

「あっ……あぁっ……ど、同時なんて……っ……んぁっ……あっ……あぁ――……っ！」

外に聞こえそうなほど淫らな声を上げ、リーゼは盛大に絶頂へ押し上げられた。

「達《い》ってくれたんだね、嬉しいよ。俺、リーゼを達かせることができると、すごく嬉しいんだ。こんなに嬉しかったことは今までにないよ」

絶頂へ押し上げられると、いつも全身の骨が無くなったのではないかと思うぐらい身体がとろとろになって、何かにすがっていないと不安で堪らなくなる。

「クーお願い、ぎゅってして……」

「どうしたの？　達った後のリーゼは甘えん坊だね。……大歓迎だけど」

抱きしめられると、幸福感でいっぱいになった。

太腿《ふともも》に彼のがちがちに硬くなった欲望が当たる。これから彼が中に入ってくるのだろう思ったら、痛みを思い出して少し怖い。でもそれを凌駕するほど蜜道が彼の欲望を期待するかのように疼《うず》いていた。

「もっと気持ちよくなってる顔、俺に見せて？」

てっきり挿入されるのかと思いきや、クロードは再びリーゼの蕾を指先で愛撫《あいぶ》し始める。

「あっ……！」

まだ絶頂に痺れている身体は少し触れられただけであっという間に絶頂へ押し上げられ、リーゼはびくびく身悶えしながら快感の渦に吸いこまれた。次こそは挿入されるだろうと身構えていても、クロードはなかなか欲望を入れてきてはくれない。

全身を隈なく愛撫され、リーゼは何度も絶頂へと押し上げられてしまう。もう、何度達したかわからない――けれどクロードはまだ、自身を挿入しようとしない。

「クー……どうして、入れてくれないの？」

「この前は純潔を無理矢理奪った上に、すごく痛い思いをさせちゃったからね。もしかしたら今日もまだ痛いかもしれないし、その分たっぷり気持ちよくしたいんだ」

確かに初めての時はとても痛かった。でも一晩のうちに何度も抱かれたおかげか、意識を手放す直前の記憶では痛みを感じていなかった気がする。

「クー……もう、その……い、入れて？　私、大丈夫だから……」

「いや、まだリーゼを気持ちよくさせたい……」

これ以上お預けなんて無理だと言っていたのに、これでは結局お預けになっているのではないだろうか。

「……ああ、そうだ。他にもしておきたいことがあったんだ」

「しておきたいこと？　……あっ」

クロードは硬くなった胸の先端とたっぷりと濡《ぬ》れて興奮でふっくら膨れた膣道を指で可愛が

りながら、興奮で紅潮した白い肌に唇をぴったりとくっ付け、ちゅっと吸っていくことを繰り返す。

くすぐったくて、ちょっとだけ痛い。

「……っ……ン……クー、何してるの？」

「ん？　リーゼは俺のものだよって印を付けてるんだよ。ほら、綺麗に付いた」

長い指先でつんと突かれた胸元を見ると、いくつも赤い痕が付いていた。

「印なんて付けなくても、誰にも見られないわ」

貴族の中にはメイドに着替えや入浴を手伝ってもらう人もいるが、リーゼは全て自分でやってしまうため肌を見せる人は本当にいない。

「当たり前だよ。リーゼの肌は俺だけのものなんだから。これは俺が見て、俺が勝手に満足するためのもの。それからリーゼが着替える時にこの痕を見て、俺のことを思い出してくれたらな……って思っているよ」

乳輪と肌の際をちゅっと吸われると、こっちも吸って欲しいと主張するように胸の尖《とが》りがより硬さを増していく。

「ン……っ……」

「……こっちは、痕を付けなくても十分色が付いてるね」

硬くなった尖りをぺろりと舐《な》められると、肌がぞくぞく粟立《あわだ》つ。

「や……んっ……」

「でも、吸ってもいい？」

「そ、そんなこと聞かないで……」

じゃあ、やめる……と言われたら、切なくて泣いてしまいそうだ。リーゼは祈るような気持ちで、クロードの逞しい腕をきゅっと掴む。

「そんなおねだりの仕方、反則だよ。なんでもしてあげたくなる」

クロードはぱくりと先端を咥え、舌でこねくり回しながらちゅっと吸い上げる。同時に中にある敏感なところを指二本でぐいぐい押され、リーゼはまた絶頂の波に呑み込まれた。

「――……っ……あ、あぁ……っ」

リーゼの胸元にたくさん口付けの痕を散らして満足したクロードは、まだ快感で痺れている中から指を引き抜き、太腿にも痕を付けていく。

「んっ……そ、そこにも付けるの？」

「ここなら鏡を見なくても、着替える時に自然と見えるだろうからね」

太腿にちゅっと吸い付かれると、たった今までクロードの指を埋め込んでいた膣道が快感を欲しがってむずむず疼き出す。

「ぁ……っ……んんっ……」

びくびく身悶えを繰り返すと胸が揺れ、胸元に散らされた口付けの痕がぼんやりとかすみがかった視界に映る。それを見ているとクロードに愛されているのだという自覚が沸々と湧き上がり、照れくさくもあり、嬉しくもなった。

「クー、私も……付けたい」

「ん？　何を？」

「口付けの痕……クーがその痕を見たら、私を思い出して貰えるように付けたいの……駄目？」

絶頂に痺れて上手《うま》く動かせな口を必死に動かしてお願いすると、クロードが嬉しそうに口元をほころばせる。

「駄目なんかじゃないよ。嬉しいし、付けて欲しいよ。じゃあ、こうした方が付けやすい、かな？」

クロードはリーゼの中から指を引き抜き、リーゼを抱いてころんとひっくり返る。

「きゃっ！」

クロードが仰向けになり、リーゼが彼を押し倒す体勢となった。

彼が組み敷いてくる時は、体重をかけないようベッドに肘を突いてくれるなど工夫をしてくれていたけれど、リーゼは完全に彼の上に乗っていて、思いきり体重がかかっている。彼と同じように体重をかけないよう工夫をしようにも、絶頂に痺れた身体は上手く力が入らない。

「クー、重くない？」

「大丈夫だよ。むしろ気持ちいい、かな?」

「え、押し潰されるのが好きなの?」

とろけた瞳を丸くして驚くと、クロードがくすくす笑う。

「違うよ。リーゼの身体が柔らかくて、上に乗られてるとあちこち気持ちいいんだよ。特にほら、ここが柔らかい」

クロードの硬い胸板に潰れた豊かな胸をつんと突かれた。

「ぁんっ……」

「それにいい眺めだよね」

「……っ……あ、あんまり見ないで。恥ずかしいわ……」

「わかった。リーゼに気付かれないように、こっそり眺めることにするよ」

「もう、それじゃ結局見てることになるじゃないっ! 全然わかってないっ!」

繭をしかめて怒るリーゼを見て、クロードが愛おしそうに口元を綻ばせる。

「もう……じゃあ、付けるわね」

「うん」

クロードがそうしていたように、リーゼも彼の胸板に唇を付けた。ちゅっと吸ってみるものの少し赤くなるだけで、あっという間に消えてしまう。

「んん……付かないわ?」

「もっと唇を押し付けて、口の中の空気を無くすぐらい強く吸い付くんだよ。ほら、こうやって」

クロードはリーゼの手を掴むと、手首にちゅっと吸い付いて痕を付けた。

「あ……すごい」

「やってみて？」

教えてもらった通り吸い付いてみると、クロードが付けたものよりは薄かったものの、痕を付けることができた。

「あっ……できたわ」

「うん、上手だね」

クロードはチョコレート色の髪を撫《な》でながら、リーゼが奮闘する姿を眺める。

リーゼは必死なのに、クロードはやっぱりどこか余裕があって――。

「ねえ、クー？　もう一つ質問があるの。答えてくれる？」

「質問？　いいよ。何でも聞いて。俺の知っていることなら、なんでも答えるよ」

「クーは王族の性教育を受けていないだけで、未経験じゃないわよね？　恋人がいたの？」

クロードの目をじっと見つめ、リーゼはずっと気になっていた質問をぶつける。

「……うん、今まで嘘を吐いていてごめんね。俺は未経験じゃない。でも恋人がいたことは一度もないよ。俺はリーゼ以外考えられなかったから」

「恋人がいないのに、未経験じゃないって……どういうこと？」

「リーゼに拒絶された時、ずっと女性を遠ざけた生活をしていたせいで女性の繊細な心がわからないのかって悩んで……」

リーゼを諦めようと決意したものの、心の中にはいつも彼女の姿――。

どうすればリーゼに好かれるのか、あの時リーゼがどう思ったのか、気が付けばそんなことばかりを考えていたらしい。

エルヴェはアメリアに心を奪われるまでは、プレイボーイとして名高かった。

そのおかげか女性の心を掴むのに長《た》けていて、クロードも色んな女性と経験を重ねればリーゼの心を掴む何かが手に入れられるのではないかと考え、王子という身分を隠して経験を重ねたそうだ。

「身体を重ねたのに、恋人ではないの？」

「一夜のみの割り切った関係だから、恋人ではないよ。なってほしいって言われたこともあったけど、俺はリーゼ以外は考えられなかったから……」

「……そうだったのね」

「うん、でも、上達したのは女性の身体のことに関してだけで、心の面は全く上達しなかったな。今も怒らせてるし」

そう、怒っていた。……というか、嫉妬で胸が焼け焦げそうだった。クロードを拒絶したリーゼにはそんな資格なんてないとわかっている。わかっているものの、こういった感情は抑制できるものではない。

けれど感情が表情に出ていたとは思わなかった。

「そうだったのね」と聞いて流し、全く気にしていない演技をしていたのに……一体、自分はどんな表情をしているのだろうと今すぐ鏡を見たい気分になる。

「ごめん、リーゼ」

「いいのよ。だって私が悪いんだもの」

……その通りなのだけど、声音がつんけんしたものになってしまう。

ああ、なんて可愛くないのだろう。

「やっぱり怒らせちゃったね。どうしたら許してくれる？」

独占欲を焼き付けるように、クロードの肌に印を刻んでいく。逞しい胸板に、無駄な贅肉がなくて割れた腹筋に、そして——彼がリーゼにそうしたように、太腿に唇を付ける。足と足の間には、硬くなった彼の欲望の姿があった。血管が浮き出ていて、先からは透明な雫が垂れていて、今にも爆発しそうなほど昂《たか》ぶっているのがわかる。

太腿にちゅっと吸い付くと、彼の欲望がびくびく震えた。

「……っ……」

時折くすぐったそうに零《こぼ》す声も愛《いと》おしい。

　こうして硬くなってくれているのは、リーゼに興奮してくれているから——そう思うと愛おしくて、気が付いたら彼の欲望にちゅっと唇を押し当てていた。

「あっ……！　リ、リーゼ……？」

「他の女の人とは、何回したの？」

　透明な雫を出している小さな鈴口に、ちゅ、ちゅ、と口付けを落としていく。触れるたびにひくひく震えて、垂れた雫が根本まで伝っていく。

「わからない……」

「誤魔化《ごまか》さないで、ちゃんと教えて」

「本当に覚えていないんだ。誤魔化してるんじゃなくて、数えてなかったというか……」

　一度や二度なら、きっと意識しなくても覚えている。思い出せないということは、きっとたくさんしたのだ。

「リーゼ……駄目だ。そんな可愛いことをされたら、入れたくて……我慢できなくなる……」

　そう訴えるクロードを無視して、リーゼは口付けをし続けた。

「許さないわ」

「リーゼ？」

「他の女の人を抱いた以上に、私のことも抱いてくれないと許さない……何回したかわからないくらいしてくれないと、許さないんだから……っ」

独占欲がありすぎて、迷惑がられてしまうだろうか。でも、止まらない――。

クロードが青い瞳を丸くするのを見ていたら、身体がくるんと回った。

「きゃっ⁉」

気が付くとクロードの綺麗《きれい》な顔が上にあって、さらにその向こうに天蓋が見える。どうやらまた組み敷かれたらしい。

「そんなこと言っていいの？　俺、子種が枯れるまでリーゼを求めるよ？　枯れて勃たなくなっても、たくさん触ってリーゼをしつこく堪能するよ？　それでもいい？」

花びらの間に欲望をぬるぬる擦り付けられた。すると膨れた蕾が雁首のくびれに擦れて快感が生まれ、さらなる刺激が欲しいとおねだりするようにさっきまで指を咥えこんでいた膣道が疼く。

快感に酔った頭の中が痺れ、くらくらする。

「……っ……して、いっぱい……クーのいっぱい……欲しいの」

理性がとろけて、本能が剥き出しになったみたいだ。普段なら絶対に口にできない恥ずかしい言葉が唇から零《こぼ》れる。

膣口に欲望を宛がわれると、ぞくぞく震えた。

「リーゼが痛がったらすぐに止めるから安心して」

「大丈夫……だから、クー……早く……」

痛みがあるかもしれないという怯《おび》えは、もう理性と一緒に溶けてなくなった。早くクロードが欲しくて、腰が揺れてしまう。

「うん、入れるよ……」

クロードはゆっくりと腰を押し付け、蜜壺に自身を埋めていく。

「ふ、ぁ……」

たっぷりと快感を与えられて中が解《ほぐ》れていたのか、それとも初めての時から何度も貫かれたからかはわからないけれど、痛みは全く感じなかった。

狭い中を広げられていく感覚があんなにも痛かったのに、今はそれが良くて堪らない。

「リーゼ、痛くない？」

自身の欲望を全て中に埋め込んだクロードが、肩口で息をするリーゼの顔を覗《のぞ》き込《こ》みながら訪ねる。

ああ、良過ぎて言葉が出てこない。

リーゼはクロードにしがみ付き、快感に痺れて重い頭をなんとか動かして小さく頷いた。

「本当に？　無理してない？」

それが無理しているように見えたらしい。クロードは挿入したものの、リーゼに痛い思いをさせたくないという気持ちから極力自身を動かさないようにしている。

初めての時はそうして貰えた方がよかったけれど、今はそれが焦らされているみたいで――

辛い。

「ク――……お、お願い……」

「ん？　やっぱり抜く？」

「嫌……っ！　抜かないで……擦《こす》って……いっぱい擦って欲しいの……」

あんなに絶頂へ押し上げられたというのに、リーゼの身体は快感を求めることに貪欲で――

更にクロードの熱を求めていた。

切なくて、もっと欲しくて、深緑色の瞳から涙がぽろぽろ零れる。

「もしかして、痛いどころか……気持ちいい？」

リーゼは息を乱しながら、こくこく頷いた。

「そっか……」

クロードは嬉しそうに口元を綻ばせると、ようやく抽挿を繰り返し始めた。

「ぁ……っ……」

狭い中に自分の形を覚えさせていくようにくるくるとかき混ぜながら抜けそうなほどに引き、またずっぷりと奥へ埋め込んでいく。

抜けそうになるとすごく切ないのにそれが良くて、肌がぞくぞく粟立つ。

空気が混ぜ込まれた蜜はクロードの先走りと混じって白く泡立ち、抽挿を繰り返されるたびに繋《つな》ぎ目《め》からぐぢゅぐぢゅと音を立てて溢れた。

「……っ……はぅ……ぁっ……あぁっ……」

「リーゼの中、ねっとりしていて、俺のに絡み付いてきて……少しでも油断したら、腰が砕けてこのまま駄目になりそうだよ……」

クロードはチョコレート色の髪を乱しながら快感に喘ぐリーゼを恍惚とした表情で見つめ、どんどん腰の動きを速めていく。

指で探し当ててくれた弱い場所を雁首で圧迫しながら擦られると、涙が出るほどよかった。

「ぁっ……あふっ……ぁんっ……あぁっ……」

天蓋のカーテンを閉める時間すら惜しくて、ベッドの周りは開けている。ふと壁に目をやると、ランプで出来た二人の影がくっきり映し出されている。

二人の影が一人分に見えるほど密着していて、小刻みに揺れていて、彼と一つになっているのだという実感が湧いてくる。

「ん？　壁なんて見てどうしたの？」

「ふふ、私たちの影が映ってるなぁって思って……いつもは一人分の影しかないのに、今日は二人分……なんだかそれが嬉しいの」

はにかむリーゼを見て、クロードが口元を綻ばせる。

「本当だ」

当たり前のことを告げているのだから、失笑されてもおかしくないのに。クロードはリーゼ

と同じく嬉しそうに微笑んでくれる。

こういうところが好き……と、胸がきゅんとする。

「昔もこうやって、二人で影を見たことがあったよね」

クーも、覚えていてくれたのね……。

『昼間の影はそう思わないけど、夕方の影は嫌い……なんだか寂しい感じがするんだもの』

『うん、俺もそう思う。どうしてなんだろうね？』

幼い日——二人は夕日を受けながら並び、じっと自分たちの影を眺める。橙色《だいだいいろ》に染まった草の上に二人の影がくっきりと映っていた。

『多分、クーとお別れの時間でなければ、悲しい感じがしないと思うの。夕方はクーも私も帰らないといけないでしょう？　寂しいなぁって思っている時に見るから、きっと寂しい感じがするんじゃないかしら』

『ああ、そっか……そうなんだ。うん、そうだね。納得した。そっか、そうだ……』

クロードは感心したように頷く。

『いつか夕方がクーとお別れの時間じゃなくなって、ずっと一緒に居られるようになったら、きっと夕方の影を見ても寂しくならないわ』

『うん、そうだね』

いつか寂しくならない日が来るといいね——と言って、真っ黒い影を眺めたものだ。

「もう、寂しく感じる影なんてなくなったね」

「ええ……」

ああ、なんて幸せなんだろう……。

「……っ……ン……」

クロードが苦しそうに吐息を漏らすのがわかって、リーゼは首を傾《かし》げた。

「クー？」

「……あ、いや……リーゼの中が急に締まったから、気持ち良くて……どうしたの？」

幸せで、クロードのことが好きで、どうしようもなくなったと心のままに答えたら、堪らないと言った様子で唇を奪われた。中をかき混ぜる彼の動きが速くなっていく――彼の絶頂がもう間もなく迫っているのだろう。

「んっんっんっ……んぅ……んっ……んんっ」

擦られているうちに、お腹《なか》の中に絶頂を予感させる快感の塊が生まれた。それが爆発した瞬間、クロードの欲望も最奥で弾けた。

「――……っ……ん……っ」

どく、どく、と彼の肉棒が脈打ち、最奥に熱い欲望をたっぷりと放つ。

吐精したクロードはリーゼの上に覆い被さり、乱れた息を整える。二つだった影が一つになるのが見えると、泣きたくなるほどの幸福感でいっぱいとなった。

夕方の影を見ても、もう寂しくない。どんな影を見ても大丈夫。だってクロードとリーゼは、もうこれからずっと一緒なのだから――。

◆◇◆

二人がようやく離れたのは、真夜中のことだった。

「クー……私、もうだめ……」

クロードが勃たなくなるより、リーゼが音を上げる方が早かった。彼は一体どれほどの体力を所持しているのだろう。

「薄くなってきたけど、まだ勃つよ？」

ふるふる首を左右に振って限界だと訴えると、額《ひたい》に口付けされた。

「じゃあ、今日はこれくらいにしておこうか」

リーゼより遥かに動いていたというのに、疲れが見えるどころかなんだかいきいきしているように感じる。

本当にどれくらい体力があるのだろう……。

汗やら色々なものでべたべたになった二人はとりあえず入浴を済ませ、メイドに何か食べるものを運んできて貰うことにしたのだけど——軽食を持って現れたのはメイドではなく、満面の笑みを浮かべた国王夫妻だった。

「いやいや、ずっと待ち構えていたのだけど、想像以上に長かったから待ちくたびれたよ。正直もう寝てしまおうかと思ったが、ここまで待ったら半ば意地が入ったね」

「お腹が空いたでしょう？　胃に優しいリゾットをお持ちしましたわ。温かいうちに召し上がれ」

　召し上がれと言われても、クロードとリーゼは驚いて目を丸くすることしかできない。そんな二人を見て、エルヴェとアメリアはきゃっきゃと盛り上がる。

「エルヴェ様、ごらんになって！　夫婦は一緒にいるうち似てくるというけれど、結婚前から似ていらっしゃると思いませんこと？」

「ああ、本当だね。そっくりだ」

「なっ……なぜ、兄上と義姉上《あね》が……」

　リーゼが目を丸くして何も言えないでいる中、クロードがようやく言葉を取り戻した。

「私たちはあまりにも不器用な二人を応援してあげただけだよ」

　ど、どういうこと——……!?

　二人ともお腹が空いていたのに、驚きすぎて空腹がどこかへいってしまった。食事よりも説明が欲しい。

たらしい。

「では、簡潔に説明しようか。早く食事を取って欲しいことだしね」

彼は舞踏会以前よりクロードがリーゼを想っていることに気付いていたそうだ。

幼い弟がたびたび城を抜け出していることを知り、危険がないか側近の者を使って調べてい

たらしい。

気持ちを押し殺したままでは、幼いクロードはいつか辛さに負けてしまうかもしれない。外に出ることで気晴らしになるのならそれがいいと、彼が城を抜け出しているのに気付いていない素振りをしていたそうだ。

それでも気晴らしになるのはほんのわずか――他の者は騙せても、兄から見れば無理をしているのは明白だった。なんとかクロードの心を楽にしてやれないかと考えながらも名案が浮かばないでいると、ある夏から彼を取り巻く空気が柔らかくなったことに気付いた。

何があったのか――。

すぐに調べると、リーゼの存在を知った。そしてクロードがリーゼに惹かれていることも――ペルラン伯爵家の長女、家柄も申し分ない。リーゼもクロードに惹かれ始めていることを見抜いたエルヴェは二人を婚約させようかと考えていたらしい。

しかしクロードは王位争いを恐れ、結婚しないと強く誓っている。気持ちが変わらないまま無理に婚約を結ばせては、反発されて上手くいかないかもしれない。慎重に事を運ばなくては

……と考えていたところ彼が湖に行かなくなり、取り巻く雰囲気がピリピリし出したので失恋

したのだと悟ったそうだ。

「あの時のクロードを思い出すと涙が出そうになるよ。まるで捨てられた子犬のようだったね」

「あ、兄上、止めて下さい」

クロードが真っ赤な顔で止めるけれど、エルヴェの口は止まらない。

「チョコレート色をした髪の少女を見つけるとソワソワし出してね。ああ、レディ・リーゼを思い出しているのだなぁと思ったよ」

「兄・上？　簡潔に話すのではなかったのですか？」

「ああ、そうだったね。私の悪い癖は、ついつい話が長くなってしまうところだから困ったものだ。話を続けよう」

ああ、やっぱり傷付けていたのだ。

そのことを申し訳ないと思いながらも、その辺りの彼の行動をもう少し聞いていたかったと思ってしまう。

「それから二年も経《た》てばさすがに吹っ切れているだろうと思ったのだけど、レディ・リーゼが社交界デビューした時に、ああ、これはまだ吹っ切れるどころか好きで好きで仕方がないのだと思ったね。綺麗に飾り付けたレディ・リーゼを穴が開くほど眺めていたかと思えば、彼女がこちらを見るとあからさまに目を逸《そ》らすことを続けて……本当に可哀想《かわいそう》で……ははっ……ふふっ……すまない。本当に可哀想だったんだが……ふふっ……」

「笑ってるじゃないですか！　本当に可哀想だと思ってくれていたんですか⁉」

「いや、すまない。可哀想だったんだが、同じくらい面白くて……」

笑ってはいけないと思うほどに可笑しくなるのか、エルヴェはとうとうお腹を抱えて笑い出す。

「エルヴェ様しっかりなさって」

「ああ、ありがとうアメリア……レディ・リーゼもクロードに気があるようだったからね、また婚約を結ぶ計画を再開したんだが、反発されては困るからね。また慎重に事を運ぼうとしたんだが……」

その矢先に遊び人という噂《うわさ》が流れ、そのことを後ろめたく思ったリーゼがクロードから距離を取り出したために彼がますます荒れて、どう動いたらいいかわかりかねていたそうだ。

「あの、その噂は……」

潔白なのだと伝えようとしたら、国王夫妻はわかっているから大丈夫だとにっこり笑ってくれた。

「可愛い弟の思い人だからね。噂が流れだしてからすぐに調べさせて貰ったよ。まあ、調べなくてもキミがクロードしか見えていないことは明白だったけれど、あの噂がある限りまともな婚約話がこないだろうからと、申し訳ないけど放置させてもらったんだ。すまないね」

「え……ご、ご存知でしたら、どうして私に彼の教師をご依頼なさったのですか？」

「単に二人きりにしたかっただけだよ。レディ・リーゼはこのままだとオクレール公爵と婚約する流れになってしまうし、なんとかするためには手っ取り早く会話して貰うのが一番だと思ってね」

「そ、そうだったんですか……」

　裏でそんなことが行われていたとは驚いた……。

「それにしても……くくっ……傑作だったよ。レディ・リーゼに近付く男を排除するために、クロードは色々努力をしていてね……」

「兄上、止めて下さい」

「一番面白かったのは下半身を露出させながらキミに近付いてきた男の股間に石を投げて撃退していたことかな？　……あ、あれは傑作だった。石を投げるってこ、子供かって……もう、思い出すだけで数年は笑っていられそうだ」

　そういえば追いかけて来たのに、急に股間を押さえて蹲《うずくま》って苦しむ男性がいた記憶がある。どこかにぶつかってしまったのではないかと思ったけど、あれはクロードが？

「あ、兄上、いい加減にして下さい！」

　クロードが顔を真っ赤にして怒っているのに、エルヴェときたらお腹を抱えてひーひー笑っている。

「あらあら、ごめんなさいね。こうなったらもうエルヴェ様は止まらないの。今日はこれで失礼するわね。二人とも本当におめでとう。婚約式や結婚式でこれから忙しくなるでしょうから、今のうち二人きりでゆっくりなさってね」

笑いが止まらないエルヴェの腕を支え、アメリアはにっこりと優雅に微笑んで退室していく。

「クー」

「……お腹空いたよね。食べようか」

「クー、あのー……」

「お願いだから何も言わないで」

クロードの耳が真っ赤になっていることに気付いたリーゼは思わず笑ってしまって、食後に彼から甘い刺激を与えられることで仕返しされたのだった。

エピローグ　小さくて、でもとても大きな幸せな結晶

驚いたわ……。

婚約を済ませ、盛大な結婚式に向けて準備を整えているある夜のこと――リーゼはクロエから来た祝福の手紙を見て心を温めた後、妹のロザリーからの手紙を何度も読み返し、そして何度も『驚いたわ……』と呟いていた。

リーゼがオクレール公爵家との婚約を白紙にしたことで、妹のロザリーが婚約することになったのだった。

『後妻なんて絶対に嫌！』と拒んでいた彼女だったけれど、リーゼがクロードと結ばれてから少し経ってから数週間後、リーゼではなく本人が遊び人だと露見してしまったのだ。

貴族と城の庭で情事にふけっていたところをとある貴族に目撃され、いつものように自分はリーゼだと名乗って切り抜けようとしたが、その貴族はつい先ほどまでクロードに肩を抱かれ、幸せそうに笑っているリーゼの姿を目撃していたのだ。

よく見ると髪色や瞳は似ているものの顔付きやスタイルが違うし、リーゼが先ほどまで着て

いたドレスと違うもの、それに髪型も違っていたことに気付き、嘘《うそ》に綻びが生じたのだった。

『遊び人はレディ・リーゼではなく、レディ・ロザリーだったそうだね』

『おや、知らなかったのかい？　僕はとっくに知っていたよ。だって彼女、達きそうになると、『ロザリー達《い》きそうなの。もっとちょうだい』っておねだりしていたからね。慌てて『リーゼ』って言い直すこともあったけど、気付かないでそのままの時もあったな……』

ロザリーと情事を楽しんだ男たちの証言もあり、遊び人はリーゼではなくロザリーだという事実が瞬く間に社交界へ流れた。

良い縁談話に囲まれていたロザリーだったけれど、リーゼがそうだったように彼女にも全く話がなくなってしまった。

『リーゼ、済まなかった……まさかお前ではなく、ロザリーだったなんて……』

事実を知った父はすぐ謝罪しに来てくれたけれど、なんとなく心の中でしこりが残る。私がそうではないと言っても信じてくれなかったのに、他人から聞いたことは信じるのね——。

気にしないでと言いながらも心の中では謝罪を受け入れられない。それにロザリーのことも可哀想だとは思えなかった。

なんて薄情なのかしら……。

思い詰めたリーゼはそのことをクロードに打ち明けると、聖人じゃないんだから、そう感じて当然だと慰めてくれた。

『私、心が狭いんじゃないかしら……』

『そんなことないよ。リーゼ、無理に許さなくてもいいんだよ。謝罪されたら許してあげなきゃいけないなんて綺麗ごとだ。長年辛い思いをさせられていたのに、あんな一瞬でその罪が許されるなんて不公平じゃないか。世の中は不公平だらけだけど、俺は大事な人が不公平な目に遭うのは許せないな』

ああ、許さなくてもいいんだ……。

彼にそう言って貰うと心の中にあったしこりが溶けて、穏やかになっていくのを感じる。

『いつかそういえばあんなこともあったって軽く思い出せるくらいの出来事になっていればいいなって思うわ』

『うん、その時は当然隣に居させてくれるんだよね？』

『ええ、居て欲しいわ』

オクレール公爵家は、リーゼではなくロザリーでもいいから妻に迎えたいと申し出てきたそうだ。

リーゼの時もそうだったが、もうオクレール公爵家のような良縁はないだろうと、父はロザリーがいくら拒もうとも嫁に出すことを決めた。

後妻なんて嫌だ。何とかして欲しいと泣きじゃくるロザリーがずっと気にかかっていたのだけど、今日届いた手紙を見て驚いた。

『クレマン様はどうしたらロザリーだけを見てくれるのかしら？　あの方の瞳に他の女性が映ることを想像したら胸が苦しいの。ロザリー、恋をしてしまったみたい。お姉様、何かいい案があったら教えて』

一体、何が起こったのだろう。リーゼは居ても経ってもいられず、翌日実家へ足を運んでロザリーから話を聞き出すと、クレマンと顔合わせをしたところ——彼は見た目や声、仕草や何もかも全てが彼女の好みのど真ん中だったらしい。

話してみると、女性経験が豊富で大人の包容力に満ち溢《あふ》れているクレマンは、少し話しただけで我儘《わがまま》なロザリーを夢中にさせ、そのまま夜を過ごしたことで身体も虜《とりこ》にしたそうだ。

「結婚してからも絶対遊ぶのはやめないって思ってたけど、もう駄目なの。クレマン様しか見えないの……クレマン様もロザリーだけを見てほしいんだけど、それはロザリーがクレマン様の言うことを聞くいい子でいられたら考えてくれるっていうの……だからロザリーいい子にならなくちゃっ！」

ということで、ロザリーはクレマンの言いつけを守り、いい子に徹しているらしい。

いい子でいるって、具体的にはどうしていればいいのかしら……。

なんとなくとんでもない答えを聞かされそうだったので、リーゼはこれ以上深く聞くのを止めた。

まあ、ロザリーが元気で幸せそうにしているのならよしとしよう。

「……ということで、ロザリーは元気そうだったわ」

「今までリーゼにしてきたことを思い出すと、純粋に『それはよかった。幸せになってほしいね』とは言えないけど、まあ義妹《いもうと》だし、リーゼの妹だしね。よかったよ」

「ふふ、ありがとう」

　その夜、ベッドに入ってからクロードに報告すると、少し複雑そうな表情をしながらも祝福してくれた。

「聞いてくれてありがとう。そろそろ休みましょうか」

「まだ早いし、もう少しこうしていたいな」

　クロードはチョコレート色の髪を指に巻き付けて手遊びをしながら、リーゼの唇にちゅっと軽く口付ける。

　このまま口付けに応えたら、きっと愛し合うことになるだろう。リーゼは少し身を引き、クロードから顔を逸らす。

「明日も朝が早いのでしょう？　もう休んだ方がいいわ」

　本当のことを言うならこのまま愛し合いたい。でも、駄目だ。

「リーゼ、俺……何かしたかな？」

「え？　な、なんのこと？」

　クロードは思い詰めた顔をして、横になったリーゼの顔をじっと見る。

「最近避けられている気がするんだけど……」

「そんなことないわ」

「じゃあ、どうして最近妙に俺と距離を取るの？」

図星だった。リーゼは最近クロードと距離を取っている。両想いになってからは毎夜愛し合っていたけれど、ここ数週間は体調を理由にしたり、先に休んだりなどして、彼と愛し合っていない。

「ごめん、俺……しつこかったかな？　リーゼが受け入れてくれることをいいことに、毎日毎日求めすぎて嫌われた？」

「ち、違うの」

「それとも我慢できなくなって、馬車の中で求めたせい？　あの時はリーゼが立てなくなって、俺が横抱きにして城まで連れ帰ったけど、すごく恥ずかしがってたよね。それで嫌われちゃったかな？」

「……っ……ち、違うの……」

「じゃあ、俺のをリーゼの可愛《かわい》い口で舐めてほしいなんてお願いしたせい？　それともバスルームで求めたせい？　それとも……」

クロードはリーゼに嫌われてしまったかもしれない原因を次々と挙げていく。どれも思い出すと恥ずかしいことばかりで、リーゼは真っ赤な顔をして、クロードの口を両手で押さえる。

「違うのっ！　だからそれ以上言わないでっ！　あ、あのね、クー……しばらくの間、抱いてもらうのをお休みしてもいい？」

「え、どうして？　やっぱり何か嫌われるようなことを……」

「もう、違うって言ってるじゃない。あのね、ここのところいつもと体調が違っていたのだけど、結婚式に向けて緊張しているだけだと思っていたのね。でも何かの病気だったら結婚式に差し支えると思って一応お医者様に診て貰ったのだけど……」

クロードの大きな手を掴《つか》んだリーゼは、自身のお腹にぺたりと触らせる。

「…………もしかして？」

「そう、赤ちゃんがいるんですって。ある程度育てば、激しくしなければしても問題ないっていうけど、私たち……その……つい、すごくし過ぎてしまうじゃない？　だからお腹の赤ちゃんも驚いてしまうような気がして怖くて……」

クロードは青い瞳を丸くし、微動だしない。

「クー？」

目の前でひらひら手を振ると、はっと我に返ったようだった。

「本当に⁉　嬉《うれ》しいよ、リーゼ！　ありがとう！」

クロードは瞳を輝かせて、リーゼをぎゅっと抱きしめる。

「……あっ！　ごめん！　抱きしめたらお腹が潰れる……っ！　ああ、でも抱きしめたいし……そうだ！　後ろを向いてくれる？」

「え？　え、ええ」

リーゼが背中を向けると、クロードは背中から力強く抱きしめてくれた。彼が心から喜んでくれていることが伝わってきて、リーゼは口元を綻ばせる。

「いつからわかっていたの？　もしかして俺と距離を取り始めた時から？」

「ええ、実はそうなの……」

「どうしてもっと早く教えてくれなかったの？」

「ごめんなさい。だってクーは、王位争いを気にして、子供を作りたくないから生涯独身でいようとしていたじゃない？　だから子供が出来たって言ったら、悲しむんじゃないかと思って、どう伝えようかずっと悩んでいたの……」

だからこそこんなに喜んでくれるのが意外だったし、すごく驚いた。

「ああ、そうか……ごめん。ただでさえ初めての妊娠で不安なのに、俺のせいで余計な不安まで与えていたんだね。子供の件はね、もう大丈夫なんだ」

「本当に？　無理していない？」

リーゼは恐る恐る前を向いて、クロードの顔を真《ま》っ直《す》ぐに見つめる。表情から何を考えているか読み取ろうとしたのだけど――彼の顔は喜びに満ち溢れていた。

「心配してくれてありがとう。でも、大丈夫。あんなに気にしていたのに、リーゼに出会ってからは全く気にならなくなったんだ」

「え、そうなの？」

「うん、優しいリーゼと俺の子供が、兄上や兄上の子供に手をかける……だなんて考えられなくてさ」

ちゅっと唇を重ねられ、リーゼはそっと微笑《ほほえ》みを浮かべた。

「ええ、そうね。優しいクーと私の子供がそんなことするはずないわ」

「うん、絶対そんなことするはずがない。だから大丈夫……口付けはしても、いい？」

「ふふ、もう今したでしょう？」

「今のは軽い口付けだったからいいかなって……深いのは駄目？」

リーゼは首を左右に振ってそっと目を瞑り、クロードからの愛情たっぷりの深い口付けを受け入れた。

「子供が大きくなったら、またあの湖に行こう」

「ええ……」

一人ぼっちだった影は二人になって、やがて三人になる。並ぶその影を見つめるたびにリーゼは幸せで胸がいっぱいになり、幸せだと感じるのだ。

季節は廻り、また夏が訪れる。
大切な夏――愛しい人と出会い、愛しい人との結晶である愛しい子と過ごす大好きな夏がやってくるのが心から待ち遠しい。

あとがき

こんにちは、またはお久しぶりですー！　七福さゆりです！　また蜜猫文庫さんにお邪魔させていただけました！　一年ぶりぐらいですね！　つい先日お邪魔させていただいたと思っていたのですが、大分経ってました！　時が経つのは早いなぁ〜！　皆さまお元気ですか？　私はとっても元気です！　心と身体は元気なんですが、足がね……ダメな感じ！　在宅業のため、いつも十歩ぐらいしか歩かないんですが、（ワンコの散歩入れたら百歩ぐらい？）ちょっとお出かけして千歩ぐらい歩いたら、生まれたての小鹿みたいに膝がガクガク言ってます！　完全運動不足ですよ！　十歩動くのも辛い感じ！　……とどうでもいい話から始めてしまいましたが、「王子様と危険な遊戯」をお買い上げいただき、誠にありがとうございます！　リーゼとクロードの不器用な恋物語をお届け致しました。本作はいかがだったでしょうか。どうか楽しんでいただけますように……。

妹のロザリーも真実の愛を見つけたようなので、頑張って頂きたいですね！　クレマンもロザリーも性に積極的なので、これからリーゼが聞いたら卒倒しそうなプレイを楽しむ人生を送りそうです！（ある意味）お似合いカップルです！

ロザリーの一人称は名前で、自分のことをロザリー、ロザリーって言ってましたが、私も昔は家族や親しい友人の前でだけ、自分のことを名前で呼んでいた過去がございまして……。

それが若い頃までなら「まあ、若いからね！」で済ましていただけると思うのですが、もう癖になってしまってね……つい数年前まで呼んでたんですよね……もう完璧黒歴史ですよ。いや、私以外の人ならもう何歳でも呼んでいて大丈夫だと思うんですよ。でも私はただの引きこもりプロニート（近所では不審者扱い）なので満場一致でアウトなわけですよ。

直したくても油断するとついポロッと出てきてしまって、矯正するのに相当苦労しました！

でも今でも、遠方に住むばあちゃんと電話するとつい……ポロッと……ポロッと出てしまうこともあるんですよね……。黒歴史更新中！　もうなんとかならないのか……。

私のどうでもいい黒歴史はさておき、兄夫婦がお気に入りなので、いつか彼らのお話も書けたらいいなぁなんて思っております！

イラストを担当して下さったのは、坂本あきら先生です！　坂本先生のイラストが大好きなので、担当していただけると聞いた時には狂喜乱舞致しました！　坂本先生、ありがとうございました！　そして本作を執筆するにあたり支えて下さった担当N様を始め、関係各社の皆様、そしてご購入して下さった読者の皆様に心からのお礼を申し上げます。それでは、またお会いできたら嬉しいです！　ありがとうございました！

七福さゆり

蜜猫 Mitsuneko Label

蜜猫文庫をお買い上げいただきありがとうございます。
この作品を読んでのご意見・ご感想をお聞かせください。
あて先は下記の通りです。

〒102-0072　東京都千代田区飯田橋 2-7-3
(株)竹書房　蜜猫文庫編集部
七福さゆり先生 / 坂本あきら先生

王子様との危険な遊戯

2016年4月29日　初版第1刷発行
著　者　七福さゆり　
発行者　後藤明信
発行所　株式会社竹書房
〒102-0072 東京都千代田区飯田橋 2-7-3
電話　03(3264)1576(代表)
03(3234)6245(編集部)
デザイン　antenna
印刷所　中央精版印刷株式会社

Printed in JAPAN
ISBN978-4-8019-0708-9　C0193

オペラ歌手を志すアンジュは、ある夜、レストランのステージで立ち往生しそうになったのを、突然現れた仮面の紳士の助力により事なきを得る。後日、感謝の気持ちから彼の謎めいた招待に応じた彼女だが紳士はアンジュの手首を縛り淫らな行為をしかけてきた。「君の歌声の限界を確かめさせてもらおう」ボックス席の中とはいえオペラ座の観客席で胸を露わにされて受ける屈辱的な愛撫。しかしアンジュの身体は燃えるように熱くなり甘い声をあげてしまう…愛と復讐のドラマチックロマン!

如月
Illustration DUO BRAND.
溺愛志願
恋人は檻の中
望みどおり、
きみを攫っていく
祖父の遺書を読むため、今では稀なヴァラム語のできる囚人の元を訪れたベアトリーチェは、美しく知性のある彼、ヴァレリオと話すうちにその人柄に魅了されてしまう。仲間の助けで処刑間際の逃亡に成功したヴァレリオに、望んで攫われるベアトリーチェ。「俺の指にこんなに反応して、感じやすいんだな」愛し合い結ばれて、結婚式を挙げるふたり。やがて祖父の遺書が、ヴァレリオの高貴な出自を保証するものだとわかり!?